14-14

Cartas misteriosas
dois séculos, dois amigos

SILÈNE EDGAR & PAUL BEORN

14-14
Cartas misteriosas
dois séculos, dois amigos

3ª reimpressão

Tradução: Fernando Scheibe

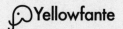

Copyright © 2014 Bragelonne

Título original: *14-14*

Todos os direitos reservados pela Editora Yellowfante. Nenhuma parte desta publicação poderá ser reproduzida, seja por meios mecânicos, eletrônicos, seja via cópia xerográfica, sem a autorização prévia da Editora.

EDIÇÃO GERAL
Sonia Junqueira

REVISÃO
Carla Neves
Mariana Faria

CAPA
Diogo Droschi

DIAGRAMAÇÃO
Guilherme Fagundes
Larissa Carvalho Mazzoni

Dados Internacionais de Catalogação na Publicação (CIP)
(Câmara Brasileira do Livro, SP, Brasil)

Edgar, Silène
    Cartas misteriosas : dois séculos, dois amigos -- / Silène Edgar & Paul Beorn ; tradução Fernando Scheibe. -- 1ed.; 3. reimp. -- Belo Horizonte : Editora Yellowfante, 2025.

    Título original: 14-14
    ISBN 978-85-513-0457-0

    1. Correspondências 2. Guerra Mundial - 1914-1918 - Literatura juvenil 3. Romance - Literatura juvenil I. Beorn, Paul. II. Título.

18-22066   CDD-028.5

Índices para catálogo sistemático:
1. Romance : Literatura juvenil 028.5

Cibele Maria Dias - Bibliotecária - CRB-8/9427

A **YELLOWFANTE** É UMA EDITORA DO **GRUPO AUTÊNTICA**

Belo Horizonte
Rua Carlos Turner, 420,
Silveira . 31140-520
Belo Horizonte . MG
Tel.: (55 31) 3465 4500

São Paulo
Av. Paulista, 2.073, Conjunto Nacional,
Horsa I . Salas 404-406 . Bela Vista .
01311-940 . São Paulo . SP
Tel.: (55 11) 3034 4468

www.editorayellowfante.com.br
SAC: atendimentoleitor@grupoautentica.com.br

Agradecimentos

Obrigado a Barbara, em primeiro lugar, pois sem ela este livro não existiria, e não é apenas maneira de falar! Obrigado a Stéphanie, que possibilitou este projeto, a Marie, sempre tão entusiasta, Fabrice, que aturou nossas muitas hesitações, Nathalie e seu sorriso luminoso, César, o cintilante, e Jérôme, que se veste bem! Em suma, obrigado a toda a equipe das edições Bragelonne!

Obrigado a nossos consortes: sempre agradecemos nossos parceiros, mas, neste caso, Élodie e Trouf realmente merecem uma medalha por sua paciência. Obrigado a vocês, do fundo do coração.

Obrigado a nossas superleitoras beta, sempre dispostas, rápidas e entusiastas, verdadeiras escritoras de talento: Nadia Coste, Agnès Marot e Cindy van Wilder.

Obrigado a Lise Syven, que também é uma escritora de talento, nossa companheira nessa aventura e nossa amiga, o que por si só já basta para justificar sua presença aqui.

Obrigado aos cineastas que transmitiram o que aconteceu em 1914-1918, especialmente Stanley Kubrick, Bertrand Tavernier, François Dupeyron e Jean-Pierre Jeunet.

Paul e Silène

Obrigado a você, Silène, graças a quem este romance existe, pois foi você que me disse um dia: "Ei, Paul, e se a gente escrevesse um romance a quatro mãos?". Silène, minha amiga escritora, você é uma verdadeira fada.

Paul, ou melhor, Adrien

Obrigada a você, Paul, que me fez ter confiança em você, em mim, neste romance, que me disse "sim", "não", "terminou aquele capítulo?", que corrigiu, corrigiu e corrigiu de novo, que é um homem e um escritor maravilhoso.

Silène, ou melhor, Hadrien

Para minha linda planta, minha pequena maçã e a árvore que protege nós três.

*Aos meus velhos, os presentes e os ausentes:
Louis, Madeleine, Edmond, Suzanne,
Andrée, Pierre, Cécile e Alain.*

Capítulo 1

1º de janeiro de 2014

Um cemitério é o lugar ideal para um encontro, não é mesmo? A essa hora, não tem nem um gato, ninguém virá atrapalhar. Adrien segura o buquê de flores com os dentes, escala a cerca como já fez centenas de vezes e, dando um pulo, está do outro lado do muro. Sobe a ladeira tremendo de frio, e seus tênis rangem na neve. Que idiota! Devia ter calçado botas.

Mal se veem as cruzes em meio ao nevoeiro, e reina o silêncio das manhãs de domingo. A maior parte das sepulturas está em péssimo estado, mas, para Adrien, esse é o lugar mais lindo do mundo. Sorri para a gravura de pedra de uma bela senhora, quase toda coberta de musgo, e acena alegremente para os dez soldados franceses que repousam no monumento militar há quase um século. Sabe todos os seus nomes de cor.

Antes, aquele era o lugar onde mais gostavam de brincar, ele e Marion. Escondiam-se entre os túmulos, conheciam cada alameda, cada pedra rachada, cada medalhão. Encontravam-se debaixo do grande cipreste todas as quartas-feiras à tarde. Às vezes brincavam de zumbi, às vezes de vampiro – Marion adorava quando ele corria atrás dela gritando feito um doido. No meio do cemitério tem uma capelinha toda branca.

Foi ali que, um dia, Adrien a pediu em casamento: ela caiu na gargalhada e disse "sim", batendo palmas.

Bom, está certo que tinham 5 anos naquela época, e agora, 13. Mas, de qualquer jeito, ela não pode ter esquecido!

∽

Hoje é o primeiro dia desse ano novinho em folha: 2014. Hora de tomar decisões. Se não se resolver num dia como esse, será realmente um caso perdido. Pelo menos é o que diz Éloïse, sua irmã caçula. Faz semanas que ela repete para ele se jogar de cabeça: "Se gosta dela, por que não diz de uma vez?".

Claro, para quem tem 6 anos isso parece fácil. Quando tiver 13, ela vai ver que, à medida que a gente cresce, essas coisas vão ficando bem mais complicadas.

∽

Pela milésima vez ele calcula suas chances, todos os pequenos indícios que há meses coleciona como tesouros e repete para si mesmo toda noite antes de dormir.

Em primeiro lugar, ela sempre admirou os garotos que vão bem na escola, e Adrien sempre tira excelentes notas. Em segundo, no ano passado, ela dançou bem juntinho com ele e disse que se todos os garotos fossem como ele o mundo seria melhor. Em terceiro, sábado passado, no cinema, ela pegou na mão dele durante o filme. Foi sobretudo esse gesto que lhe deu coragem de fazer sua declaração hoje.

Olha para o relógio: nove e meia. Está meia hora adiantado. É horrível ficar esperando. Para não morrer de impaciência, resolve dar um giro por seus túmulos preferidos.

A cidade de Laon é pobre, e o cemitério não foge à regra. Está praticamente abandonado, e os mortos não costumam receber muitas visitas, sobretudo os que estão perto da muralha, na descida da ladeira. Aquilo é quase um amontoado de pedras, nem parece que são túmulos. A terra vive deslizando naquela parte e acaba derrubando as lápides. Com a neve e a neblina, é perigoso se aventurar por ali, mas Adrien conhece o terreno como a palma da mão.

Deixa seu pensamento vagabundear, até que olha para o buquê que tem na mão e pensa, inseguro: *Será que oferecer flores tá fora de moda?* Encosta o nariz nelas, mas não sente nenhum cheiro. Foi difícil arranjá-las em pleno inverno, o que conseguiu foram alguns crisântemos brancos e umas flores de algodão. Pareciam magníficas no vaso da sala, mas, agora, meio congeladas... Pergunta a si mesmo se foi uma boa ideia.

Marion adorava flores quando era pequena. O problema é que ela mudou. Todos os seus amigos mudaram: têm espinhas, fumam e passam a maior parte do tempo na internet. Aliás, Adrien também não é mais o mesmo. Antes, as coisas eram simples: eles eram crianças, Marion era sua melhor amiga, e aquilo bastava. Agora, sonha com beijos secretos. Sente vontade de apertá-la em seus braços, segurar sua mão e dizer todas aquelas palavras de amor que florescem em seu coração.

∽

Quinze para as dez. Não, ainda não está na hora.

Quando faltam cinco minutos, desce a ladeira correndo até o ponto de encontro, debaixo do grande cipreste. Seria muito idiota chegar atrasado agora. Está sem fôlego.

Droga, as flores não gostaram da corrida, o talo de uma chegou a quebrar.

Fica ali, de pé, olhando para a lápide debaixo do cipreste. Aquela é a preferida de Adrien. Tantas lembranças dormem ali.

Alguém gravou duas pequenas silhuetas naquela pedra. Adrien sempre quis saber quem fez aquilo, mas o fato é que adora os dois personagens. Parece um pai de mãos dadas com seu filho. Quando criança, Adrien sonhava que era ele com seu pai. Tentou reproduzi-las mais de cem vezes no seu caderno de desenho. Este é o segredo de Adrien: quando está triste, desenha.

Consulta de novo o relógio: dez horas! Ela vai chegar.

Então um pensamento terrível atravessa sua mente: essa não, esqueceu de escovar os dentes! Nunca que ela vai querer beijá-lo assim! Coloca a luva na frente da boca e tenta sentir seu próprio hálito.

Leva um susto quando o telefone vibra em seu bolso. Não é um iPhone, é o celular mais baratinho do catálogo. Com as luvas, tem dificuldade para tirá-lo do bolso.

> Sinto muito, Adrien, não vou poder ir.

É ela: a única pessoa que Adrien conhece no mundo que envia mensagens sem erros de ortografia. O que será que houve? Será que está doente? Marion nunca furou um único encontro com ele.

Mais uma vibração, mais uma mensagem.

> Aconteceu uma coisa incrível comigo!!!!!!

Seu coração dá um pulo no peito. Tem um péssimo pressentimento ao ver aqueles seis pontos de exclamação.

Terceira mensagem:

> Na festa do Ano Novo na casa do Franck, ele me beijooooou! Acredita? Estou apaixonada, ele é lindo! Vou contar tudo pra você, meu Ady.
> Beijos e feliz Ano Novo!

Adrien vê estrelas, como se tivesse sido nocauteado; sua cabeça roda, um enorme nó se forma bem no meio da garganta. Sente as pernas fraquejarem e, quando vê, está sentado no túmulo sem saber como. Na tela do telefone as palavras dançam diante dos seus olhos.

Franck?

Só conhece um Franck; ele tem mais de 15 anos e está no nono ano: um loiro alto com uma longa mecha na frente dos olhos azuis. O tipo do cara que todo mundo ouve quando fala. E que, quando conta uma piada, todo mundo ri, mesmo que não tenha graça. Daqueles que andam no meio da calçada fazendo grandes gestos, que são convidados para todas as festas, que falam alto e se vestem com roupas de marca. O tipo do cara que Adrien nunca será. Quinze anos! Como vai poder enfrentá-lo do alto dos seus 13?

Esses caras do nono ano bem que podiam sair com as garotas do nono, não? É pedir demais?

Tem dificuldade em digitar mesmo sem as luvas. Não sabe se é por causa do frio, mas seus dedos não param de tremer.

> Legal. Estou ansioso pra ouvir.

Grandes lágrimas brotam e correm lentamente pela sua face, quentes, redondas, idiotas.

– O que ela vê nesse Franck? – grita no cemitério deserto. – Ele nem sabe dançar! Repetiu o nono ano, é um péssimo aluno!

As lápides e as cruzes silenciosas parecem ouvi-lo gentilmente.

– Ele vai virar a cabeça dela e depois quebrar seu coração! Por que que elas têm sempre que gostar desses caras metidos a machões?!

Adrien não consegue entender.

– De que adianta tirar notas boas? As garotas não estão nem aí pra isso.

Contém as lágrimas e toma a lápide como testemunha:

– Você tinha uma namorada? – pergunta ao morto enterrado ali. – Acha que tenho alguma chance com a Marion? Talvez possa me ensinar algum truque... Estou realmente precisando de alguém que me ajude e me diga como devo agir.

Levanta, joga as flores no chão e desce a alameda até o portão, que o segurança acaba de abrir. Mal nota a velhinha por quem passa ao sair. Uma senhorinha muito idosa, apoiada numa bengala, encurvada, baixinha, com o rosto coberto de rugas, que, com olhos penetrantes, o vê passar. Ela avança a pequenos passos até o túmulo do grande cipreste, junta as flores que estão no chão e solta um suspiro satisfeito.

Adrien pediu ajuda. E vai receber.

Capítulo 2

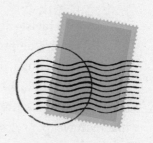

1º de janeiro de 1914

Hadrien caminha lentamente entre os túmulos. Suas velhas botas pretas esmagam a neve com pequenos rangidos e deixam rastros de lama. Os outros barulhos estão abafados: a cidade está devagar, o bar, fechado, o carteiro não está passando e todos parecem descansar. O cemitério está todo branco de neve, e o sol pálido desse primeiro dia do ano mal aquece as velhas pedras. O garoto alto e magro se dirige à parte do santuário onde repousam seus avós e os antepassados deles, debaixo de pedras simples e baratas. Sua família paterna não tem muito dinheiro. Os jazigos do notário ou do médico são bem mais imponentes: verdadeiras casinhas, com portões, esculturas e flores frescas o ano todo. Sua irmãzinha, Marthe, traz papoulas e cravos para enfeitar os túmulos dos avós no verão, mas, nessa época, não tem nem uma campainha-branca, e as sepulturas ficam tristes e vazias.

Hadrien observa o dia que vai nascendo atrás da torre da igreja de Corbeny.

– Pfff – suspira –, não tem ninguém...

Quem teria a ideia de mandá-lo tirar a neve dos túmulos num dia como aquele senão seu pai? Tudo isso só para impedi-lo de ficar lendo *L'Épatant* pertinho do fogo!

É uma revista ilustrada, seu avô materno lhe deu uma assinatura de presente. Dezesseis páginas de piadas e histórias em quadrinhos todas as semanas, durante um ano, um presentão! O primeiro número chegou no Natal, acompanhado de uma cesta com seis laranjas, um luxo inacreditável para eles. Está ansioso para mostrar a revista na escola. Até Lucien, o filho do médico, vai ficar com inveja. É claro que o pai de Hadrien quase teve um ataque quando viu o preço: três francos e cinquenta por ano?! Por um papel com uns desenhinhos em cima? Como não pode dizer ao sogro o que acha desse gasto estúpido, se vinga no filho.

E é por isso que, em vez de poder ler em paz, ele está ali limpando a neve dos túmulos... quando tudo indica que ainda vai nevar por semanas! Não faz nenhum sentido.

Mas Hadrien sabe muito bem o que acontece se desobedece ao pai: uma bela surra. Então, escondeu a revista no bolso do casaco e foi para o cemitério. Apesar do frio, não é tão desagradável estar fora de casa. A geada e a neve cintilam ao sol. Mas primeiro o dever: tira a neve dos túmulos da família do pai e passa o dedo nas letras gravadas.

— Jean, Marius, Madeleine, Louis, Marguerite — murmura para si mesmo.

Só conheceu a última, sua avó, quando era pequeno. Uma gripe a levou seis anos antes. Guarda a imagem de uma mulher trabalhadora e não muito afável com as crianças. Já a família de sua mãe não é dali: é gente da cidade, e seus jazigos ficam em Laon, a capital do departamento de Aisne. Eles nunca vão lá, custa muito caro. Por isso, só viu o túmulo de sua avó materna uma vez, mas pôde constatar que o jazigo da família era mais imponente que o do médico de Corbeny. Aquilo o agradou, por mais que o filho do médico, Lucien, seu inimigo número 1, nunca venha a vê-lo.

Os acordes da "Ave-Maria" soam no sino da igreja, e Hadrien sai de seu devaneio. Já executou a tarefa e, como tinha previsto, vai ter um pouquinho de tempo para ler. Instala-se sobre o túmulo do bisavô Marius. Absorvido na leitura, nem percebe que a pedra está molhada. A umidade atravessa a calça, a ceroula, e, quando se dá conta, está com a bunda gelada. Rebola um pouco, perguntando a si mesmo se vai ficar grudado na pedra. De repente, ouve uma gargalhada.

– Tá com vontade de fazer xixi, Hadrien? – exclama alegremente a bela Simone.

– Não... Tô com a bunda toda molhada! – responde o garoto, sorrindo.

Ela ri ainda mais, e seus cachos castanhos dançam ao redor do rosto. Tem os olhos brilhantes de um camundongo, sardas nas maçãs do rosto e um jeito esperto de garota que não se deixa engambelar. Com seu casacão escuro, suas bochechas rosadas e seu vestido da mesma cor, parece uma peônia. Sua roupa não é nova, mas o corte é perfeito: ela mesma a fez a partir de um velho vestido da mãe. Simone adora costurar e é muito talentosa. É namorada de Hadrien desde o ano passado, e ele quer que continue sendo para sempre, embora nunca tenha lhe dito isso. É seis meses mais velho que ela, mas são quase da mesma altura. Assim, não precisa se abaixar para lhe roubar um beijo na bochecha.

– Ei! – ela exclama, surpresa e encantada com o beijo roubado.

– Feliz Ano Novo! – diz Hadrien para justificar seu gesto.

Sabe que ela não tem nada contra um beijinho ou um afago, mas não ali, no cemitério, onde podem ser vistos.

Ninguém deve saber, precisam ser discretos: os dois têm apenas 13 anos e só poderão se casar dali a três ou quatro anos. Isso se seus pais deixarem.

— O que está fazendo?

— Meu pai mandou eu vir limpar os túmulos.

— E você chegou à conclusão de que era um bom lugar pra ler um pouco? – ela diz, zombeteira.

— Olhe! – ele responde sem se vexar. – Estou lendo *L'Épatant*.

— Eu sei, você já me mostrou ontem... e anteontem.

— Puxa, tinha esquecido. E você, tá fazendo o quê aqui?

— Vim atrás de você, sua irmã me disse que o encontraria aqui. Vem comigo até a casa da sua tia Jeannette? Ela preparou um chá pra gripe do meu irmão.

— Seu irmão toma mijo-de-gato? – pergunta Hadrien, em tom de brincadeira.

— Minha mãe obriga. Além disso, não é qualquer chá, é o da Jeannette, tem poderes mágicos. Dizem que ela é meio feiticeira... e até vidente.

— Pfff! Isso é besteira, superstição. Minha tia conhece bem as plantas, só isso. Seria melhor sua mãe levá-lo ao médico.

— Você sabe que a gente não tem dinheiro para isso, não temos nem para trocar o vidro do meu quarto – responde Simone com uma expressão triste.

— A gambiarra que eu fiz tá aguentando? Quer que eu a reforce?

— Não, não precisa...

Hadrien se levanta para acompanhá-la, espanando com a mão a neve que se acumulou na calça. Seus ombros são largos, e suas mãos já parecem as de um homem feito, como se tivessem se desenvolvido mais rápido que o resto. Simone encaixa seus dedos finos numa delas e os dois avançam em direção à saída.

— Acha que seu irmão vai se recuperar até a volta às aulas? É que a gente tem que apresentar um trabalho de geografia juntos, sobre as colônias na África.

— Então é isso! Bem que eu estranhei que você estivesse preocupado com ele. Claro, é por causa da escola — suspira Simone, fechando o portão do cemitério atrás deles.

Olha para ele, decepcionada, e seus olhos ficam tão escuros que parecem negros. Hadrien morde os lábios: detesta deixá-la triste.

— É que esse trabalho é importante para nós, entende? É para o certificado!

— É importante para você! O Jules não se importa com o certificado. Em julho ele vai começar a ser aprendiz do velho Marcel, para se tornar ferreiro, e, se dependesse só dele, já teria largado a escola. Só que ainda não fez 12 anos, por isso tem que aguentar mais um pouco.

— Mas eu não quero trabalhar na mesma coisa que meu pai, Simone. E, para poder deixar a fazenda, preciso estudar no pequeno liceu,* o que significa que tenho que ir bem nesse exame. O Jules não se importa se eu me der mal, e está usando a gripe como pretexto. Ele é que é o egoísta.

— Pelo menos ele tem o pé no chão. Daqui a alguns meses, vai ter um salário, e a gente está precisando disso!

---

* Na época de Hadrien, as classes populares costumavam frequentar apenas a "escola primária", sendo o *lycée*, antecedido pelo *petit lycée* (algo como "pequenas escolas secundárias, ou de ensino fundamental"), normalmente reservado aos privilegiados, que teriam a oportunidade de, posteriormente, frequentar uma faculdade. (N.T.)

— Mas eu também vou ter um salário em breve, e bem maior, para alimentar minha esposa e meus filhos com carne todos os dias, dar presentes de Natal e comprar todos os remédios que precisarem, sem ter que ficar contando os centavos!

— Seus filhos? E com quem você vai tê-los? Com uma garota da cidade, que você vai encontrar no seu liceu de ricos?

Com você, sua tola, pensa Hadrien, mas é orgulhoso demais para dizer aquilo em voz alta. Simone apressa o passo, visivelmente chateada. Avançam pelo vilarejo silencioso e coberto de neve em direção à casa de tia Jeannette, que vive sozinha com um gato preto... seu gato de bruxa! É verdade que ela conhece bem as plantas e parece até que sabe truques para ajudar os bebês a nascerem. Hadrien não entende muito bem como, mas Simone sempre repete isso com tanta convicção que o jeito é acreditar nela.

— Tá bom, não fica chateada. É só porque eu trabalhei duro nisso e gostaria que o professor ficasse satisfeito.

— O professor! O professor! Você só pensa nele! Já disse a ele que seu pai não tem como pagar o liceu?

— Não...

— Pelo menos já falou com seus pais? Pediu dinheiro para o seu avô?

— É que... ainda não surgiu a oportunidade. Meu avô quase nunca vem. Mas pode deixar que vou fazer isso.

— Quando? No dia de São Nunca?

Chegam à casa de tia Jeannette, no alto da grande rua. Um carro passa perto deles, com barulhos de explosão. É o abade de Vauclair, que vem rezar a missa. Faz um sinal para eles, mas Hadrien nem o vê, perturbado com o sarcasmo da namorada. Simone percebe e sorri.

– Vai ficar muito triste se não entrar no pequeno liceu?

– Claro que vou! – exclama o rapaz, chocado por ela não ser capaz de entender o que aquilo significa para ele.

– Quer mesmo ir para a cidade?

– Sim, quero continuar meus estudos e saber mais coisas. Gostaria de aprender desenho técnico para criar máquinas modernas, como nos romances de Júlio Verne! Automóveis, por exemplo! Sei que você não quer que eu vá, mas, quando eu voltar, terei um emprego bem remunerado, e isso será bom para toda a minha família.

– Então – ela responde com um fiapo de voz –, coragem, meu Hadrien. – E dá um beijo no cantinho dos lábios dele.

Hadrien pega as mãos da menina e aperta em seu peito com um grande sorriso, para agradecer. Sabe que ela tem medo de se separarem. Ele também, é claro, mas é mais realista, sabe que poderá oferecer a ela uma vida melhor se voltar para o vilarejo com um diploma de agrônomo ou de engenheiro. Fica feliz que Simone não se oponha aos seus sonhos, apesar de seus receios: ela é realmente a garota com quem quer casar. Quando volta para casa, está decidido a conversar com o pai sobre a continuação de seus estudos.

Mergulhado em pensamentos, nem sequer nota que uma nova caixa de correio surgiu, como que por magia, no muro da casa dos vizinhos, bem na frente da casa dele.

Capítulo 3

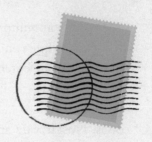

1º de janeiro de 2014

Franck! Marion está ficando com o Franck! Adrien está desesperado. Voltando do cemitério, passa na frente da casa da amiga, na esquina da rua. São quase vizinhos. É uma velha casa minúscula, com uma varanda de ferro forjado de outras eras. Normalmente, ele joga uma pedrinha na janela dela e, quando está em casa, ela escreve uma mensagem secreta num pedaço de papel, faz uma bolinha e joga para ele da varanda. Em geral é algo do tipo: "*Adivinha: sou um menino de 13 anos, devo oferecer um belo presente de Natal para minha vizinha e estou muito mal penteado esta manhã. Quem sou eu?*". Ele pega o papel e rabisca uma resposta do tipo: "*Charada: oceano sem o -r + o que faz quem acha graça + o dia anterior sem o -tem. Quem sou eu?*". E tenta mandar de volta. Podem continuar assim por muito tempo – geralmente, a bolinha de papel acaba no vizinho ou na calha.

Mas hoje Adrien enfia a cara na gola da jaqueta: lágrimas quentes continuam a correr sobre seu rosto gelado. Da avenida, lá embaixo, chega o som abafado de um carro andando devagarinho na neve. Hoje não haverá pedrinha nem bolinha de papel de Marion.

Em vez disso, pensa, *minha mãe é que vai cair em cima de mim assim que eu abrir a porta.*

Ela vai ver seus olhos vermelhos, vai perguntar, como sempre, "o que aconteceu", e, o pior, vai chamá-lo de "meu cabritinho querido". Ele detesta quando a mãe o chama assim. Toda aquela atenção, toda aquela gentileza... Vai ser difícil suportar. Pega um pouco de neve e esfrega no rosto para esconder as lágrimas. Talvez, com sua pele toda vermelha de frio, ela não note os olhos inchados. Hesita diante da porta. Sem querer, imagens vêm à sua mente: Marion sentada nos joelhos de Franck, cheia de amor nos olhos, segurando a mão dele. Finalmente, abre a porta. Melhor encarar a mãe do que essas imagens.

Uma menininha descabelada salta no seu pescoço.
– Oi, Adrien!
Ele tenta sorrir.
– Oi, Éloïse.
É sua irmãzinha; tem 6 anos e um sorriso maravilhoso.
– Olha! Olha! – ela grita. – Fiz um desenho pra você!
Enquanto ele tira a jaqueta e os tênis encharcados, ela enfia uma conta de gás na mão dele.
– O que eu tenho a ver com isso?
– Não, seu bobo, do outro lado – ela diz rindo e virando a folha.

No verso, desenhou um cavaleiro de armadura diante de uma torre, onde uma princesa o espera na janela. Éloïse não desenha muito bem: o cavaleiro parece uma abobrinha italiana com fósforos no lugar dos braços.
– Ficou... ficou lindo.
– Olha o príncipe: adivinhou quem é?

Adrien não quer deixar a irmã triste, mas está arrasado demais para brincar de adivinhas. Só deseja uma coisa: subir para o quarto e fechar a porta à chave antes de cruzar com a mãe.
– Não sei. Ééé... o papai?

O sorriso desaparece do rosto de Éloïse, substituído por uma expressão triste e dois olhos à beira das lágrimas.

— Não, é você! Meu desenho ficou uma porcaria!

Ela começa a chorar e sobe a escada. Ele gagueja uma desculpa e quase esbarra na mãe, que está saindo da cozinha, de pijama, com uma xícara de café na mão.

— Bom dia, Adrien — diz, com um grande sorriso. — Nossa! Está com o nariz todo vermelho! Onde você foi?

— Bom dia, mamãe.

Ela franze as sobrancelhas, examina o rosto dele e, de repente, assume a expressão de compaixão que Adrien tanto detesta.

— Você chorou! O que foi que houve?

— Não chorei não — ele mente.

— Meu cabritinho querido!

Pronto, sabia que ela ia dizer isso. A mãe o abraça a ponto de esmagá-lo. Ele sente seu perfume barato e o contato morno e áspero do pijama.

— Eu tenho... — diz, tentando se desvencilhar do abraço. — Eu tenho que...

Busca desesperadamente um pretexto para ir para o quarto.

— Eu tenho que escrever algumas cartas de votos de feliz Ano Novo!

A mãe fica surpresa, mas logo o solta.

— Cartas de votos? Excelente ideia. Pensei que os garotos da sua idade só trocassem mensagens pelo celular.

Só de ouvir a palavra "mensagem" ele volta a pensar na de Marion e sente as lágrimas querendo brotar de novo.

— Tome, pegue minha caderneta de endereços, vai precisar dela para escrever ao seu primo Hadrien! Faz anos que não o vemos.

Ele não responde: pega a caderneta, sobe a escada o mais rápido que pode e bate a porta do quarto com toda a força atrás de si. Mas alguma coisa a impede de fechar.

É a boneca da Éloïse. Que estúpido! Um dos braços foi arrancado pela batida. Sua irmãzinha aparece no vão da porta e dá um grito ao ver o braço solto. Explode em soluços e foge correndo com os pedaços da boneca.

– Eu... eu sinto muito, Éloïse. Espere, vou pôr o braço no lugar.

– Você é mau! – ela grita, refugiando-se em seu quarto. – Não gosto mais de você.

Adrien fecha de novo a porta e fica um bom tempo de pé contemplando seus pôsteres. De um lado, um cartaz do Batman, do outro, a reprodução de um quadro de Picasso: o homem perfeito e o pintor perfeito. Foi Marion que lhe deu o Picasso no verão passado.

Seu olhar pousa sobre a pilha de roupas sujas ao pé da cama e sobre a bagunça na escrivaninha, coberta de tubos de tinta. Senta na cadeira e pega maquinalmente o romance que a professora de francês pediu que lessem, *A volta ao mundo em 80 dias*, de Júlio Verne. Na capa, tem um balão e um homem que, dentro do cesto, segura pela mão outro homem, que está caindo.

Então resolve se vingar de Franck com um desenho. Pega uma folha branca e, com raiva, começa a traçar retas e curvas: primeiro o arredondado de um balão, depois, ele próprio dentro do cesto, com uma cartola, como o personagem de Júlio Verne. No lugar do segundo personagem põe Marion, que ele arranca do chão com a força dos braços. Finalmente, com um sorriso sinistro, esboça a silhueta de Franck, bem embaixo da página, com um enorme saco de areia, que caiu do cesto, em cima da cabeça.

Chega a esboçar um sorriso satisfeito, mas, uma vez terminado o desenho, acha o rosto de Marion tão realista que vira a folha para não a ver mais.

De repente, sente o telefone vibrar no bolso. Dá um pulo, derrubando lápis e papéis: é uma mensagem. Será Marion de novo?

> Atenção, você acaba de esgotar sua cota de 150 SMS por mês.

Perfeito.

E agora vai ter que escrever cartas de votos, senão a mãe vai encher sua cabeça até que faça isso. Ela sempre quis que ele se aproximasse do primo por parte de pai. Diz que ele corre o risco de se distanciar dele por causa do divórcio, o que seria uma pena. Adrien se pergunta qual seria o grande drama de "se distanciar de" um primo como Hadrien Lerac, aquele babaca convencido... Pega a primeira folha que vê pela frente e começa a escrever. Os dois têm quase o mesmo nome, mas nunca se deram bem.

Caro primo,
Desejo-lhe um excelente Ano Novo.
Como tem passado desde a última vez que nos vimos, quando eu estava com meu pai nas férias de verão à beira do lago?
De minha parte...

Para e pensa no que vai escrever.

...tudo vai bem. Estou saindo com a Marion – lembra? –, a garota superbonita de que lhe falei quando a gente se encontrou.

É mentira, mas vai ficar sendo verdade para o primo Hadrien – o que já é uma pequena vitória.

Na escola, tudo certo, sou o primeiro da sala, mais uma vez.

Também não é verdade, mas Hadrien sempre se gaba das boas notas, e isso vai lhe servir de lição.

Mamãe está bem. Devia vê-la, ficou superbonita com seu novo penteado.

Isso também vai incomodá-lo: a mãe de Hadrien pinta os cabelos de qualquer jeito e ele morre de vergonha.

Um abraço, Adrien.

Nem percebe que usou a folha em que tinha acabado de desenhar o balão. Dobra a folha e a enfia num envelope. De qualquer jeito, seria um desperdício usar um belo papel de carta para aquele primo chato.

Hadrien Lerac,
Estrada de Laon,
02 820 CORBENY

Corbeny fica a apenas vinte quilômetros dali, contudo eles só se viram duas vezes na vida. Não dá para dizer que os laços com esse lado da família sejam muito fortes...

Veste o casaco e sai para a rua deserta. A caixa de correio mais próxima fica a dez minutos de caminhada na avenida, tempo suficiente para congelar naquele frio. Suspira, levanta a gola do casaco e se dá conta, surpreso, de que uma nova caixa de correio foi instalada bem na frente de sua casa. É estranho, deve ter sido posta há muito pouco tempo, podia jurar que não estava ali antes. E o que é mais estranho é que parece muito velha e está enferrujada nos cantos. Além disso, é azul, em vez de amarela, como as outras...

Mas o que importa é que está escrito "Correio" e tem os horários de coleta. Afinal – pensa, dando de ombros –, é uma sorte, assim não vai precisar andar até a avenida.

Enfia o envelope e volta para o quentinho de casa.

Capítulo 4

3 de janeiro de 1914

— Ei! Hadrien!

O rapaz se vira para ver quem está chamando. É o carteiro, que vem de bicicleta a toda velocidade, descendo a rua em direção a Craonne. Hadrien adoraria ter uma bicicleta assim, mas custa muito caro, não passa de um sonho. Talvez um dia possa ter uma, se seus estudos lhe permitirem conseguir um bom emprego, com um bom salário...

— Deixei uma carta para você na sua casa! — grita o carteiro já quase no fim da rua. — Estou com pressa, atrasado para a coleta das quatro horas.

— É a minha revista?

Mas o carteiro já está longe. Bom, só pode ser ela. Mesmo contando o feriado de quinta-feira, sábado de manhã é o dia de *L'Épatant* chegar. Em Corbeny, o carteiro passa de manhã e de tarde, pois as pessoas se correspondem muito, além de assinarem jornais e revistas. Hadrien ouviu falar de uma estranha máquina que funciona com eletricidade e que permite conversar com pessoas que estão muito longe: chamam de "telefone". O carteiro diz que um dia todo mundo terá um desses em casa, e não vai ser mais preciso enviar cartas. Enquanto isso, as pessoas trocam um monte de cartas todos os dias.

Hadrien vai para casa pegar a revista, subindo a rua a passos de gigante, com suas longas pernas de adolescente que espichou rápido demais. No caminho, alcança a irmã mais velha, que carrega com dificuldade duas cestas cheias de batatas.

— Ainda tem outras cestas pra nós na casa da tia Jeannette. Vá buscar!

— Mas, Lucienne, preciso fazer meus deveres para a volta às aulas.

— E eu vou ter que ficar indo e voltando carregada assim?

— Essa é sua tarefa, não minha!

— Quer que eu conte ao papai que você não quis me ajudar?

O rosto de Hadrien expressa sua derrota. Claro que não, não quer que a praga da irmã conte aquilo ao pai. Para levar mais uma surra? Não, obrigado!

Portanto, dá meia-volta, furioso. O pôr do sol já começa a tingir o céu de inverno quando chega à casa da tia, com o telhado coberto de neve. Bate na pesada porta de madeira, e o calor do fogo o atinge assim que Jeannette abre. Ela é pequena e cheia, e seu rosto parece uma maçã toda enrugada; mas, digam o que disserem, é a pessoa mais gentil que Hadrien conhece. Nunca se casou, o que é bastante raro, e sabe ler, inclusive em latim, o que é ainda mais raro! Sua casa é minúscula e tão bagunçada quanto o quarto de Hadrien: em cada viga há plantas secando, garrafas e caixas se amontoam sobre a mesa no meio da sala e há pilhas de livros sobre a cômoda. Tia Jeannette emprega seu tempo em fazer chás e decocções de plantas para os moradores do vilarejo; além disso, é parteira e sabe curar queimaduras graves. Assim, embora tenha apenas uma pequena horta e uma única cabra, sempre come bem, pois seus serviços são pagos em gêneros: um coelho, ovos, legumes... Nunca lhe falta nada.

Tão generosa quanto o pai de Hadrien é sovina, em vez de duas, lhe dá quatro cestas.

– É incrível como você está crescendo! Tome, pegue duas a mais, senão não vão ter o suficiente pra alimentar um grandalhão como você.

– Como faz para ter tantas batatas? Seu canteiro é tão pequeno...

– Tenho o necessário quando necessário – ela responde com uma piscadela.

Carregado como uma mula, com a mão marcada pelas alças de vime, Hadrien retoma o caminho de casa. Pergunta a si mesmo se tia Jeannette usa sua mágica para fazer as batatas crescerem. Olha para elas como se fossem começar a brilhar, mas são batatas normais, e ele se sente meio idiota: por mais que seja uma bruxa, sua tia não produz batatas cintilantes!

Quando finalmente chega, deposita pesadamente as cestas na grande mesa da cozinha. Marthe, sua irmãzinha caçula, está batendo a manteiga, penando para manter o ritmo. Ao vê-lo chegar, para um momento e contempla com olhos gulosos o conteúdo das cestas: Marthe adora os gratinados de batata que a mãe prepara com o delicioso creme cujo segredo conhece. Respira fundo, toda vermelha, com as mechas loiras coladas pelo suor na testa larga. Hadrien adora a irmã caçula, doce e bonitinha, enquanto Lucienne lhe parece seca e sem encantos. Seus temperamentos são opostos: ela usa e abusa de sua posição de irmã mais velha para dar ordens a Hadrien. Depois que ele ficou maior que ela, é em Marthe que Lucienne descarrega seu mau humor a maior parte do tempo.

De supetão, o pai abre a porta e fuzila Hadrien com o olhar.

– Já não era sem tempo! As vacas estão esperando para ser ordenhadas. Está ouvindo os mugidos delas?

– Mas foi a Lucienne que... – defende-se Hadrien, sob o olhar impassível da irmã, que não faz nada para socorrê-lo.

– Sei... Aposto que estava andando por aí com sua amiguinha Simone!

– Alphonse – intervém a mãe descendo a escada –, não está vendo que ele ajudou Lucienne a carregar as batatas?

– Sim, mas...

– E ele recebeu uma carta, deixe-o dar uma olhada antes de ordenhar as vacas.

Contrariado, o pai aponta para uma carta sobre o armário da cozinha. Marthe se apressa em pegá-la e entregar para o irmão, como se estivesse esperando por isso desde que o carteiro passou. Afinal, não é sempre que Hadrien recebe cartas.

– O que é? – pergunta a menina, curiosa.

– É uma carta de votos de Ano Novo – responde Hadrien. – Vem de Laon. Não consigo ler direito o nome. E o selo é um bocado estranho.

– Quem escreveu para você? – pergunta o pai. E, virando-se para a esposa: – Alguém da sua família?

– Só pode ser. Está endereçada a Hadrien *Lerac*, meu sobrenome de solteira. Ainda bem que só tem um Hadrien no vilarejo, senão o carteiro poderia ter se confundido. Deve ser do Théodore, o filho mais velho da minha irmã Béatrice. Vai ter que responder, Hadrien, seria falta de educação não fazer isso.

— E quem vai ordenhar as vacas comigo? — resmunga o pai.

— Lucienne pode ir com você, Marthe me ajudará com a sopa — responde a mãe, sem dar bola para os protestos da filha mais velha.

— Louise, eu preciso de Hadrien na fazenda. Não pode arranjar desculpas para ele o tempo todo!

— Minha irmã é sempre generosa com a gente, é ela que nos envia roupas, o mínimo que podemos fazer é nos mostrar agradecidos. Além disso, acho bom que ele mantenha uma correspondência com Théodore, será um bom exercício de escrita.

— E isso por acaso vai nos ajudar na fazenda? Olhe para mim, não preciso dessas frescuras para trabalhar!

Hadrien concorda com a mãe, balançando a cabeça sem olhar para o pai. Ele não foi à escola, nem sabe ler. É a mãe que Hadrien procura com os olhos, e o sorriso cúmplice dela aquece seu coração. Mais uma vez, ela conseguiu cavar uma oportunidade para que ele faça seus deveres em paz. Mas, primeiro, vai responder à carta para se livrar logo daquilo. A família de sua mãe, bem mais rica que a sua, é toda cheia de etiquetas. São pessoas da cidade, têm instrução. Ele não sabe muito bem como responder a essa manifestação súbita e inesperada de interesse. Observa o envelope com mais atenção. O selo é novo e muito estranho: é o quadro de um pintor que não conhece, um tal de Georges Braque. E o nome do remetente não é Théodore, e sim Adrien, Adrien Lerac. Além disso, o nome da rua onde ele mora, Jean-Jaurès, o faz pensar em alguma coisa, mas não sabe bem o quê. E o mais estranho é que eles têm quase o mesmo nome! Quem sabe é um outro primo, de que não se lembra? Tira a carta do envelope para verificar.

Caro primo,
Desejo-lhe um excelente Ano Novo.
Como tem passado desde a última vez que nos vimos, quando eu estava com meu pai nas férias de verão à beira do lago?
De minha parte...

Claro! Só pode ser o filho do tio Paul, o irmão caçula de sua mãe! Eles se encontraram no ano passado no lago de Ailette. O pai de Hadrien reclamou porque tinham perdido um dia de trabalho quando a colheita se aproximava, mas ao menos eles se divertiram um pouco. Lembra-se do seu traje de banho um tanto ridículo, uma espécie de maiô branco com listras azuis. O estranho é que tem quase certeza de que esse primo se chama Antoine, e não costuma se enganar com nomes. Como pôde se esquecer desse Adrien?

E quem é essa Marion de que ele fala? Ele diz estar "ficando com ela", e embora Hadrien não entenda muito bem essa expressão, adivinha que se trata de algum tipo de namoro. "Primeiro da sala"... Grande coisa, também não precisa se gabar... Ah é? Sua mãe é bonita? Bom para ele... Que garganta, esse primo! Só diz asneira, escreve como um porco e ainda se engana de nome no envelope!

Hadrien tira sua pena do alforje, molha-a no tinteiro e começa a resposta:

Caro Adrien,
Feliz Ano Novo para você. Comigo tudo vai muito bem também: conto receber pela sétima vez seguida o prêmio de excelência...

Toma, bem na boca do estômago, primo.

...o que me vale a admiração de minha família...

É mentira, mas vai ficar sendo verdade para o primo Adrien!

...e de minha doce namorada Simone. Gostaria de apresentá-la a você. Por certo encontraria nela um grande encanto, pois ela não precisa se emperiquitar, como na cidade, para ser bela.

Tomou?!

Espero vê-lo em breve, pois ano que vem frequentarei o pequeno liceu em Laon.

Quer dizer, isso se conseguir seu certificado de conclusão do primeiro grau com notas suficientemente altas para uma bolsa e, sobretudo, se seu pai autorizar...

Você me ensinará as palavras da cidade, pois tenho a impressão de que fala de maneira bastante estranha.

Hadrien espera que o primo não zombe dele, mas não custa falar corretamente! Por exemplo, que história é essa de "super"? Nunca ouviu isso em Corbeny!

Um abraço, Hadrien.

Quando o pai volta do estábulo, Hadrien já passou a carta a limpo, com uma caligrafia caprichada – afinal, não é ele que vai escrever porcamente, como o primo –, num papel finíssimo. Estende a folha ao pai, que a observa com suspeita.

– Pelo menos foi educado? Não cometeu erros?

O coitado nem tem como saber, pensa Hadrien. Que ignorantão! Se não quer passar por idiota, basta aprender a ler!

⁂

Assim que sai para ir à agência de correio do vilarejo, nota uma caixa de cartas amarela, novinha em folha, instalada bem na frente da casa deles. Fica surpreso com a cor – normalmente, são azuis –, mas mesmo assim deposita ali seu envelope, dando de ombros. Talvez seja um novo modelo, talvez na cidade já sejam todas dessa cor há muito tempo...

É só quando vai arrumar seu material que nota o magnífico desenho de um balão no verso da carta de Adrien. Para desenhá-lo tão bem assim, o primo deve ter visto um de verdade! Tem também alguns personagens: uma espécie de palhaço que recebe um saco de areia na cabeça, uma bela moça usando calça e um ricaço de cartola. Mas o que chama a sua atenção é o balão... Tão bonito, representado com tanta precisão, que fica examinando-o nos menores detalhes até adormecer. Esse primo da cidade é um chato de galocha, mas é preciso admitir que desenha muito bem.

Capítulo 5

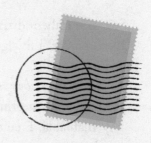

6 de janeiro de 2014

Adrien nunca gostou da volta às aulas depois das férias de Natal,* mas esta é com certeza a pior da sua vida. Só de pensar que pode ver Marion de mãos dadas com Franck na escola sente um nó nas entranhas e uma única vontade: ficar em casa.

Esfrega os tênis cheios de neve no capacho e passa diante do segurança impassível. Dá uma olhada na fachada de tijolos e no pátio, que vai se enchendo de alunos: ufa, nenhuma Marion à vista. Normalmente, encontram-se várias vezes por dia para conversar sobre a escola e sobre a vida: nos corredores, na cantina, no pátio... Vai tentar evitar os lugares costumeiros para não topar com ela, mas vai ser difícil.

No fundo, o que está fazendo ali? Para que serve frequentar a escola?

Sua mãe diz que isso vai permitir que tenha um bom trabalho mais tarde, mas não há empregos na região. Na sua turma, metade dos alunos tem pais desempregados.

---

* Na França, como na maior parte dos países do hemisfério Norte, o grande período de férias escolares costuma ser entre julho e setembro (o verão deles); períodos menores de férias ocorrem na época do Natal/Ano Novo, no auge do inverno (fevereiro) e na primavera. (N.T.)

Seu pai também dizia que era importante. Mas por onde anda seu pai? Em algum país da Ásia com a nova esposa, bem longe dali.

"*Conto receber pela sétima vez seguida o prêmio de excelência*", diz seu primo Hadrien na carta.

Bláblá. E eu com isso? Por que ele tinha que responder? Não era obrigado!

Aliás, que história é essa de "prêmio de excelência"? Adrien nunca ouviu falar desse troço. De qualquer jeito, as garotas não estão nem aí para os bons alunos. No ano passado, ele estudava matemática junto com Marion... e agora ela está saindo com outro cara.

"*...minha doce namorada Simone...*", dizia a continuação da carta.

"Simone"? Ainda tem garotas que se chamam assim? Na França, hoje em dia, isso é nome de vovós!

Mas o fato é que esse primo tem sorte de sair com a garota de que gosta.

"*...ela não precisa se emperiquitar, como na cidade, para ser bela.*"

O que ele quis dizer com isso? Esse cara escreve de um jeito muito estranho. Está insinuando que a Marion se maquia? Ela nunca usou nem batom!

De repente, Adrien dá um pulo para trás: Marion e Franck ali, na ponta do corredor! Estão de mãos dadas, ela ri e olha para ele como se o resto do mundo tivesse deixado de existir. Seus cachos castanhos, seu casaco colorido, sua maneira de apertar os olhos, que Adrien conhece de cor... Cada detalhe dela é uma punhalada em seu coração. Em pânico, dá meia-volta e esbarra numa garota que vinha do outro lado.

– Perdão, me desculpe – diz, sem nem saber com quem está falando.

— Caramba, você é um verdadeiro tanque!

É a nova aluna, uma ruiva bem bonitinha. Chegou na cidade faz três semanas.

— Sinto muito — ele diz se esquivando.

— Não foi nada. Você se chama Adrien, não é?

Ele se vira para a parede e mantém a cabeça abaixada enquanto Marion e Franck passam sem vê-lo. Ufa, ainda bem! Suspira de alívio e consegue relaxar um pouco.

— Eu me chamo Sarah — diz a ruiva.

Ele tinha esquecido o nome dela.

— Eu sei — mente por educação. — Bem-vinda a Laon, Sarah.

Em pensamento, acrescenta: *embora isso aqui seja um buraco.*

Ela sorri.

— Obrigada, ninguém tinha me dito isso ainda! Olha só, sábado que vem é meu aniversário, e vou fazer uma festa. Você vem?

— Sim, claro. Obrigado por me convidar.

Não tem como recusar. Normalmente, Adrien faz questão de ajudar os novos a se integrarem. Sente-se até culpado por ainda não ter feito isso com Sarah.

— Legal! — ela fala tão alto que ele leva um susto. — Fico muito feliz!

Como que para agradecer, ela dá um beijo em cada lado do rosto dele e parte como uma flecha pelo corredor.

∽

Depois da mensagem recebida no cemitério, Adrien não tem mais ânimo para nada. Nem para desenhar, nem para ler, nem para sair. Passar o tempo jogando no computador ainda vai. Ao menos não pensa em nada enquanto mata monstrinhos imaginários que explodem soltando gritos.

Chegou a tentar aprender a lição de geografia. Durante as férias, foi para a escrivaninha, pegou o caderno, abriu o manual na página indicada. Só que não adiantou: as linhas ficavam saltitando quando começava a ler, e um tédio mortal o invadia.

"Os impérios coloniais europeus às vésperas da guerra de 1914."

Francamente, qual o interesse disso?

Até então, Adrien fazia suas lições porque isso dava prazer à mãe. Mas agora está pouco se lixando. Aliás, está pouco se lixando para tudo.

– E aí, Adrien, como foram as férias? – exclama uma voz risonha atrás dele, enquanto atravessa o corredor. – Finalmente conseguiu agarrar sua amada?

É Willy, um desses adolescentes que crescem rápido demais e passam o tempo todo enviando mensagens pornográficas para as meninas e jogando bolinhas de papel do fundo da sala. Como sabia da Marion? Claro, nada mais fácil: todo mundo deve saber. Adrien não é muito discreto, vive falando dela.

– Vai quebrar a cara do sujeito do nono ano que fica dando amassos nela no pátio?

Willy solta uma gargalhada e, com ele, os dois garotos que o seguem por toda parte como se fossem sua sombra. Adrien abaixa a cabeça e não responde nada. Segura as lágrimas com força para não passar vergonha na frente de todo mundo.

Na sala, ouve-se o barulho das cadeiras arrastadas; todos tiram seus casacos e cachecóis. Grupos se formam ao redor dos aquecedores, escutam-se risadas e cochichos. Adrien lança um olhar de inveja a Tom, que está beijando Sarah, a nova aluna. Esse aí não perdeu tempo.

– Oi – diz Maxime, que senta à mesma mesa que ele. Adrien o cumprimenta com a cabeça por educação.

– Ganhei um iPhone 5 de Natal, quer ver? – diz Maxime tirando o telefone do bolso. – Tem um monte de funções novas... E você, que telefone tem?

Maxime é um cara legal, mas sabe ser muito chato! Adrien suspira e pega seu velho telefone, aquele que custava um euro com o contrato de doze meses. O outro faz uma careta e lança um olhar de piedade a Adrien.

A professora de história e geografia entra a mil por hora na sala, com o notebook debaixo do braço, e fecha a porta atrás de si. É uma mulher baixinha, de óculos, da idade de sua mãe; e tem o dom de fazer a turma ficar em silêncio.

– Bom dia e feliz Ano Novo, crianças!

– Feliz ano novo, professora – respondem timidamente alguns alunos da primeira fila.

Os outros estão muito ocupados guardando seus celulares antes que sejam confiscados.

– Então, aproveitaram as férias para estudar a lição, certo?

Dessa vez, ninguém responde. Todos temem uma prova surpresa.

– Nesse caso, guardem o livro na mochila e peguem uma folha e uma caneta. Faremos a primeira prova do ano.

Vira-se para o quadro e começa a escrever: "As principais colônias francesas em 1914", enunciado ao qual se seguem cinco questões.

– Daqui a trinta minutos recolherei as provas!

Que catástrofe!

Adrien fica branco como um fantasma. As principais colônias francesas? Ééé...

Tenta desesperadamente se lembrar da lição de história de antes das férias. Imagens de mapas coloridos vêm à sua mente: linhas, quadradinhos que representam cidades, nomes de países da África que se confundem em sua cabeça. A professora anda por entre as mesas com as mãos atrás das costas.

Escreve algumas palavras no papel: "Em 1914, a França possuía o segundo maior império colonial do mundo, o maior sendo o da Grã-Bretanha...".

E depois...

Depois o quê? Não consegue se lembrar de nada. A Indochina, a Argélia...

Mas de repente uma grande calma se apossa dele. Olha ao redor: todos debruçados sobre suas folhas, as canetas arranhando o papel; ele cruza com um ou dois olhares furtivos. Sarah, do outro lado da sala, sorri gentilmente para ele e volta a mergulhar na prova.

Adrien pega a régua e, com uma reta perfeita, risca a frase sobre o segundo maior império colonial. É a primeira vez na vida que vai tirar um zero, e daí? Dane-se, não vai morrer por causa disso. Afinal, o que vão fazer com ele? Metê-lo na prisão? Até parece, não vão fazer é nada. Em vez de continuar tentando responder às questões, arranca uma folha do caderno e decide redigir uma resposta arrasadora à carta do seu primo Hadrien.

Caro primo,
Eu também poderia ganhar o prêmio de excelência, se quisesse.

Porém, tenho mais o que fazer, simplesmente. Estou cansado de receber lições.

Quando crescer, serei pintor e, para isso, não preciso das felicitações de nenhum júri nem do seu prêmio de excelência.

Além disso, não sei como é essa Simone, mas Marion é a mais bonita, a mais gentil e a mais legal de todas as meninas. E também não precisa se maquiar.

Ora bolas!

Depois, vira a folha e, como costuma fazer quando está triste, começa a desenhar.

~

Ao sair da sala, tenta se misturar à massa de alunos, mas a professora o chama de sua mesa. Ele se vira e vai até ela arrastando os pés.

— Adrien, pode me explicar isso?

Está segurando a prova dele entre o polegar e o indicador. No verso, ele tinha escrito o nome, a turma e a data — com a frase riscada sobre o segundo maior império colonial. Na frente, desenhou um tuaregue sobre um camelo no meio das dunas do Saara, com um turbante e um velho fuzil de cano longuíssimo: uma imagem do manual que ele recriou de memória.

— Você desenha bem, rapaz — ela diz, olhando-o direto nos olhos.

Ele cora e abaixa a cabeça.

— Eu não me importo de dar zero para um bagunceiro que passa a aula bancando o idiota no fundo da sala...

Ela pega outra prova da pilha: é a de Willy, e está quase em branco.

– ...mas fico muito triste de dar um zero para você, Adrien. O que aconteceu? Até hoje, você sempre acompanhou bem as lições. Não entendo.

Adrien não responde nada.

Uma lágrima solitária escorre sobre seu rosto e ele foge da sala correndo.

Capítulo 6

14 de janeiro de 1914

As aulas recomeçaram segunda-feira: acabou-se o martírio das férias de inverno! Hadrien está feliz por voltar a entrar todas as manhãs na salinha que fica embaixo do gabinete do prefeito e serve de escola para os rapazes. As garotas têm aula em outra sala, com uma professora, e Hadrien só encontra Simone na saída, para seu grande pesar. Suas galochas arranham o velho assoalho, incrustado de poeira de giz e manchado de tinta azul. O fogão a lenha ronrona. O cheiro da tinta fresca, que o pequeno Marcelin derrama nos tinteiros tentando não se sujar, provoca um sorriso em Hadrien. Ele também tinha que executar essa missão quando entrou no primeiro ano. Naquela época, era o velho professor Pierre que dava aula para eles. O professor Julien o substituiu há dois anos, quando Hadrien estava no sexto.

Julien é um jovem de 25 anos. Sentado atrás da mesa sobre o estrado, consulta um grosso manual. Os cabelos curtos e a barba o envelhecem um pouco, mas tem uma expressão juvenil, como se fosse o irmão mais velho dos alunos, e não seu professor. Seus dedos finos tamborilam sobre a pesada régua de madeira, que nunca usou para bater nos alunos, ao contrário de seu predecessor. Parece impossível tirá-lo do sério, embora Lucien e Edmond estejam incomodando Marcelin, ameaçando empurrar seu cotovelo – o que faria um rio de tinta se derramar sobre a mesa –, André e Ernest não parem de conversar e, na entrada, Louis faça uma barulheira batendo os sapatos para tirar a neve.

Hadrien não vê Jules, o irmão de Simone. Será que preferiu ir ordenhar as vacas? Ou cortar lenha? Ou está apenas vagabundeando um pouco no caminho? Se não vier hoje, vai ser o cúmulo: Hadrien já teve que preparar o trabalho praticamente sozinho. Se bem que... no final das contas, poderia se virar muito bem sem ele e não correria o risco de Jules estragar tudo!

Hadrien demora para sentar em seu lugar, pois não quer ouvir as fanfarrices de Lucien, que vive contando vantagens. Lucien senta atrás dele e disputa com Hadrien o posto de melhor aluno da sala. Está ali, exibindo orgulhosamente um relógio de pulso que deve ter ganhado de Natal. Seu pai é o médico do vilarejo, é rico, e Lucien adora mostrar isso aos outros, nunca perdendo uma oportunidade de humilhar Hadrien. Na certa está só esperando que ele se aproxime para dizer o preço de seu novo brinquedo!

Para evitar o olhar de Lucien, Hadrien fixa sua atenção no mapa da Europa pendurado à esquerda do quadro-negro. Demora-se examinando as fronteiras da França, a Alsácia e a Lorena, que os alemães tomaram dos franceses em 1870; depois seu olhar desliza para os novos países dos Bálcãs. Passa então para o mapa-múndi, no qual os impérios coloniais são representados por cores: o amarelo das possessões britânicas é onipresente, mas o azul francês não fica longe. Ainda bem que os "boches" – os alemães – só têm uma manchinha verde aqui e ali. O professor não gosta que Hadrien pense assim. Diz que a paz entre os povos começa pelo respeito de cada indivíduo. Mas o fato é que ninguém na França gosta dos "fritz"!

– Hadrien! – exclama Jules, que entra correndo na sala, todo desgrenhado. – Ouvi dizer que trouxe suas revistas?!

Lucien ouviu, mas não teve tempo de fazer um comentário porque naquele momento o professor bateu na mesa com a régua, o que significava que todos deviam ir para seus lugares e ficar em silêncio para a aula começar. Hadrien lança um olhar triunfante para o filho do médico e dá uma piscada para seu amigo. Todos se sentam, calados.

– Feliz Ano Novo para todos, meus jovens! Que ele seja favorável aos vossos estudos, e que nossos três candidatos ao certificado de primeiro grau nos orgulhem!

Se não fosse o professor Julien, Hadrien nem teria tentado obter o certificado. Geralmente, no vilarejo, só um ou dois alunos se formam por ano, e há toda uma história em torno: é preciso se preparar para o exame por meses a fio. Ele ocorre em junho, diante de professores de toda a região, e os aprovados ganham belos presentes: livros, dicionários, e até algum dinheiro na poupança. Quem obtém o certificado pode se tornar carteiro, policial ou agente ferroviário. Ou continuar seus estudos no pequeno liceu de Laon, graças a uma bolsa, e, um dia, entrar na Escola de Artes e Ofícios, ou seja, na faculdade. É o sonho de Hadrien: tornar-se engenheiro...

– Hadrien! Está dormindo? – pergunta o professor em voz tão alta que ele sai imediatamente do devaneio. – Estamos esperando a apresentação do trabalho!

Ao se levantar precipitadamente, Hadrien se embaraça na alça do alforje e quase cai, o que faz Lucien cair na gargalhada, seguido pela sala inteira. Jules o ajuda a se endireitar e aproveita para sussurrar:

– Você fala, combinado?

Melhor assim, mesmo. Hadrien explica com clareza a situação colonial da França até o momento em que o professor o interrompe, no final da segunda parte.

– Você já falou bastante, agora deixe a terceira parte para seu colega: é um trabalho em dupla.

Jules olha para ele em pânico, e Hadrien lhe passa suas anotações. Mas não tinha escrito de maneira muito legível, e seu amigo se confunde todo: mistura Índia com Cochinchina e fala de *cochon* (porquinho) da Índia, o que leva ao delírio o bando de Louis; depois evoca os "bárbaros" da Argélia, em vez dos berberes. O professor, impassível, deixa que ele termine falando dos "macacos" – em vez dos canacos – da Nova Caledônia.

O riso toma conta da sala: todo mundo zomba deles, e Hadrien não sabe onde se esconder, olhando aterrorizado para o chapéu de burro no armário do fundo, com medo de ter que usá-lo. Sabe que o professor Julien detesta que zombem das outras culturas e espera pelo pior.

– Muito bem – começa o professor. – É evidente que só Hadrien trabalhou, e isso não honra nenhum dos dois, pois o trabalho em dupla exige um acordo sobre a divisão das tarefas. É verdade que você trabalhou duro, Hadrien. Mas eu já sabia que era capaz disso. Queria ver era se conseguia trabalhar com um colega, e você falhou. Jules, você também agiu muito mal, e colocou seu colega numa situação difícil. Terão que fazer outro trabalho, e dessa vez devem repartir as tarefas de maneira equilibrada.

Hadrien volta arrasado para seu lugar e constata que Lucien aproveitou para roubar sua revista.

– Devolve!

– O quê?

— Minha revista, que está na sua mão!
— O que foi agora? — pergunta o professor.
— Hadrien estava me mostrando a revista dele — responde Lucien com ar de inocente.
— Não acham que já aprontaram o suficiente por hoje? Deem-me isso e concentrem-se no trabalho: o exame para a obtenção do certificado é coisa séria.

Lucien ri da peça que pregou, e Hadrien aperta os punhos. Passa o resto do dia sofrendo com o castigo: mais um trabalho a fazer com Jules! Nunca vai dar certo, seu amigo não está nem aí para a escola, só pensa em cavalos e no seu futuro trabalho...

∽

Quando finalmente volta para casa, sua mãe está só na cozinha preparando o jantar. Ela lhe dá uma fatia de pão com manteiga e sorri, cansada.
— Tome, filho, para lhe dar forças: seu pai o espera no estábulo.
— Mas, mãe...
— Vá logo, não tem mais muita coisa pra fazer, Lucienne já está ordenhando as vacas. Logo terminarão e você pode estudar depois do jantar. Além disso, recebeu outra carta, terá que responder.
— De novo? Aposto que o pai vai reclamar que estou gastando as velas! — retruca Hadrien com agressividade.
— Não fale assim comigo — responde a mãe, desanimada. — Não tenho culpa, e não é se zangando que vai conseguir o que quer. Leve Marthe com você.

Ele abaixa a cabeça, envergonhado. Quando ela se vira para mexer a sopa, ele a observa. Tem os ombros curvados, mechas desgrenhadas escapam de seu penteado, um simples coque feito às pressas. Seu vestido é de um azul desbotado, e o avental está sujo, coberto de grandes manchas. Tem pequenas rugas no canto dos olhos e a pele avermelhada pelo calor do fogo; difícil imaginar que já foi uma bela moça da cidade. Pelo jeito que Adrien fala da mãe na carta, ela deve ser bem bonita, com vestidos delicados e um penteado bem cuidado.

Hadrien é arrancado de seu devaneio por Marthe, que o puxa pela manga.

— Hadri, me carrega?

— Marthe, você tem 4 anos, já pode andar sozinha!

— Me leva de cavalinho? — insiste a pequena.

— Tá bom — cede Hadrien, sorrindo.

Ela saltita de alegria, agitando os belos caracóis. Tem os cabelos naturalmente cacheados, de uma cor tão clara que parecem raios de sol que ela colheu e pôs na cabeça. Os grandes olhos azuis são travessos, e ela é muito meiga. É muito mais bonita que Lucienne, cujos traços parecem endurecidos por seu perpétuo mau humor. Pensando nisso, Hadrien constata que Lucien tem a mesma expressão fechada: será que é por causa do nome?

No estábulo, Marthe corre até o feno para dar de comer à sua vaca preferida, Douce. Essa também tem tudo a ver com seu nome, que quer dizer *doce* ou *suave*.

— Ah, finalmente chegou! Ordenhe a Douce enquanto Lucienne termina com a Bretonne, depois leve o pote à leiteria para que sua mãe faça a manteiga.

Hadrien põe a vasilha debaixo da vaca e a ordenha com delicadeza, enquanto Marthe a escova e lhe dá um pouco de sal. Depois levam os vasilhames cheios de leite até a leiteria, que tem o teto mais baixo e janelas com tela, para evitar as moscas. Grandes potes recebem o leite fresquinho. De manhãzinha, a mãe recolherá a nata para batê-la na desnatadeira e obter manteiga da boa. É assim que ganham a vida, com o creme de leite e a manteiga que fabricam e vendem no vilarejo. São tão gostosos que até dois restaurantes dos arredores compram.

Depois de terem trabalhado duro, os cinco membros da família comem com apetite a sopa de repolho e a salada de batata feitas pela mãe. Quando a refeição termina, Hadrien faz seus deveres de matemática e de gramática; não sente vontade de abrir logo a carta daquele primo pretensioso. E tinha mesmo razão: Adrien não para de se gabar! Quer ser pintor artístico... Como se isso fosse uma profissão de verdade! E é irritante, com sua Marion. O que Hadrien tem a ver com essa garota? Pensa em responder algo bem maldoso, mas, de repente, seu olhar pousa sobre o desenho da primeira carta: o magnífico balão, os personagens delineados com tanta vivacidade que sente vontade de sair voando com eles, para longe de sua vida miserável e do seu futuro de camponês em Corbeny... Será que Adrien também sente vontade de sair voando?

O peso do dia se abate sobre seus ombros e, de repente, não sente mais vontade de brigar nem de bancar o mais forte. Então, em vez disso, resolve contar o que realmente sente: o quanto Lucien o incomoda, o desastre da apresentação do trabalho, seu pai, que não quer que ele prossiga os estudos... tudo.

Descrevo a cena para que você possa imaginar: Jules diz as maiores asneiras com um sorriso, feliz por fazer seus colegas rirem. Eles gargalham tanto que Ernest chega a cair da cadeira! Tento lhe fazer sinais, mas ele nem olha para mim, e vejo o professor com a sobrancelha franzida e os cantos dos lábios tremendo, como se estivesse prestes a gritar. Senti tanta vergonha! Pensei que Jules fosse levar uma surra de vara verde, mas fui eu que levei uma baita bronca! Para completar, o idiota do Lucien, filho do médico, roubou minha revista ilustrada. Sim, teve a cara de pau de tirá-la do meu alforje. Fiquei tão irritado que quis pegá-la de volta na hora. Foi um presente do meu avô!

E, mais uma vez, fui eu que levei a pior.

E como se tudo isso não bastasse, quando chego em casa minha mãe me recrimina. Tinha pensado em conversar com meu pai e pedir autorização para continuar meus estudos, mas realmente não era o dia certo!

Chega a pedir conselhos ao primo sobre o trabalho que deve refazer com Jules.

Como você faria para trabalhar com alguém que não está se importando com *nada e você não pode fazer tudo no lugar dessa pessoa?*

Quando termina, percebe que encheu quase duas páginas inteiras. Antes de fechar o envelope, pensa que o sonho do primo, por mais louco que seja, merece ser encorajado, e acrescenta um *postscriptum*:

A propósito, você desenha realmente muito bem! Não compreendi direito o papel dos personagens, mas adorei: o balão ficou magnífico!

Capítulo 7

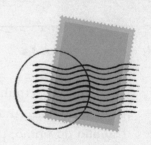

26 de janeiro de 2014

Ao passar pela caixa azul do correio em frente à sua casa, como todas as manhãs, Adrien pensa na estranha carta do primo. Esperava que ele contasse mais uma série de vantagens, mas dessa vez Hadrien o surpreendeu completamente.

Fica tentando imaginar estes personagens: Jules, que não quer estudar; Lucien, que apronta com ele na sala de aula; e aquele pai que não quer que ele estude! Seu primo tem pais muito estranhos. Com a mãe de Adrien é justamente o contrário: quer que ele seja brilhante, que estude nas melhores universidades. Já seu pai parece não estar nem aí para o que ele faz ou deixa de fazer.

Pena que ele e o primo só tenham se encontrado duas ou três vezes. Aliás, essa carta é mesmo surpreendente: não combina com o garoto metido e chato que conheceu anos antes no lago. E pensar que ele mora em Corbeny, uma cidadezinha ali do lado! Seus universos parecem tão diferentes... Tem uma impressão estranha, como se o primo estivesse do outro lado do mundo, e não a vinte quilômetros dali. Essa noite vai fuçar no Facebook para ver se encontra seu perfil. O fato é que se sente mal por ter mentido em suas cartas. Hadrien abriu o jogo com ele contando seus problemas, e isso o tocou. Gostaria de poder ajudá-lo.

Na rua Kennedy, avista Willy e seu bando. Para evitar problemas, se esconde atrás do muro de uma casa, mas vê a ruiva bonitinha, a nova aluna, conversando com eles. Ela dá meia-volta de repente e sai correndo no sentido oposto, bem na direção dele, enquanto os outros riem.

– Sarah? – chama quando ela passa.

Ela olha para ele, surpresa.

– Ei, bom dia, Adrien, estou atrasada! – diz, apressada. – Esqueci a tarefa de matemática em casa.

– Que tarefa? É pra amanhã! Hoje nem tem aula de matemática.

Ela se vira, espantada. Ele abre a mochila e mostra a agenda.

– Tem razão – ela diz, consultando os horários de quinta-feira. – Não tem aula de matemática, sou mesmo uma idiota!

– Nada mais normal, você acabou de chegar. Logo vai saber os horários de cor. Foram o Willy e os amiguinhos dele que te enganaram, acertei?

Adrien suspira e balança a cabeça. Que bando de imbecis! Não perdem a oportunidade de sacanear alguém... Mas Sarah tem uma reação surpreendente: em vez de ficar com raiva, cai na gargalhada.

– Sou tão cabeça de vento! Ainda bem que encontrei você!

Ele dá de ombros. Não pretende fazer a tarefa de

matemática. Está pouco se lixando: vai receber uma advertência, e pronto. Já está acostumado com isso, agora.

– É melhor nunca dar ouvidos ao Willy, é um mentiroso de marca maior – resmunga, apontando com o queixo os três rapazes que já estão virando a esquina.

– Obrigada pelo conselho – ela diz com uma piscadela –, vou lembrar. Ei, o que é isso?

Tem um envelope na agenda de Adrien: o da carta de seu primo, que ele guardou ali.

– A-há! Você tem uma namorada, é isso? E ela envia cartas pra você? – ela exclama, encantada.

– Que nada – ele resmunga –, é uma carta do meu primo.

Sarah deve ser a única pessoa da turma que não sabe que ele é apaixonado por Marion.

– Ele tem uma letra linda. Isso é nanquim? E olha só esse selo, parece de coleção. Ei, você viu? Vale só 10 centavos!

– É verdade, nem tinha notado.

– E não tem o carimbo do correio, é realmente estranho! Pode me emprestar o envelope? Meu pai é colecionador de selos, gostaria de mostrar pra ele.

– Se quiser... Mas fico com a carta, preciso responder.

Ela passa o resto do trajeto falando do envelope, como se fosse a oitava maravilha do mundo. Ele fica contente em ter alguém com quem caminhar, e sente um aperto no coração quando chegam diante do colégio e ela pula no pescoço do Tom, que a espera ali. É um garoto alto, um pouco tagarela, mas sempre gentil. Adrien gostaria de estar no lugar de Tom, e que Marion estivesse no de Sarah...

– Oi, Adrien! – diz uma voz irônica às suas costas. – Você também esqueceu a tarefa de matemática?

São Willy e seus comparsas, evidentemente. Adrien não responde e atravessa o portão, esperando que o deixem em paz. Mas quando está chegando ao prédio da escola, sente um empurrão nas costas e quase cai, enquanto escuta as risadas dos colegas. Willy sussurra em seu ouvido:

– Está apaixonadinho pela Sarah, é?

– Nada a ver, me deixa em paz!

Mas o outro continua:

– Vou contar pra Marion, aposto que ela não vai gostar.

Adrien sente o pânico invadi-lo. E se Willy realmente fizer isso? E se, por causa desse imbecil, Marion ficar sabendo que ele é apaixonado por ela?

– Se fizer isso, vai se ver comigo!

Vira-se brutalmente e empurra Willy com as duas mãos. Este, pego de surpresa, perde o equilíbrio, cai e machuca um pouco as mãos na brita do pátio.

– Você... você me derrubou!

Adrien não tem tempo nem de fazer um gesto: Willy o prensa contra a parede, abre sua mochila, arranca seus cadernos e os joga pelo pátio. Depois, aponta o dedo para Adrien:

– Você vai se arrepender do que fez, pode ter certeza!

Então desaparece com seus amiguinhos, enquanto os outros alunos evitam a cena olhando para outro lado. Adrien fica ali, nervoso, recolhendo seu material molhado pela neve que começa a cair, e pensando em todas as histórias escabrosas que contam sobre Willy.

– Adrien, perdeu alguma coisa?

Essa não!

Marion.

Sente a mão dela pousada em seu braço. Está ali, bem na frente dele, sempre sorridente, sempre linda, com o rosto vermelho por ter corrido até ele, e os cabelos negros e cacheados um pouco desfeitos. Usa uma pequena boina branca, que tira ao entrarem na escola.

– O que está acontecendo? Não responde mais minhas mensagens, mal me dá bom dia! – diz, olhando feio para ele.

Tem lindos olhos cor de amêndoa e uma pequena pinta ao lado da sobrancelha.

– Bom dia – ele diz, com um sorriso forçado. – Sinto muito, eu...

Os problemas de Hadrien com seu trabalho lhe dão uma ideia:

– ...é que eu ando muito ocupado preparando um trabalho sobre a guerra de 1914.

Num mundo ideal, este seria o momento de pegar a mão dela, reconquistá-la, mostrar que aquele Franck não serve para ela e, sobretudo, beijá-la.

Mas Adrien não vive num mundo ideal.

– Essa tarde encontro você às seis horas no cemitério, debaixo do nosso cipreste! – ela diz com uma piscadinha e vai se juntar às amigas.

Adrien sobe para a sala. Uma única vez na vida teve Marion em seus braços: dançando uma música lenta numa festa na casa do Romain, no ano passado. Tinha quase conseguido se declarar naquele dia, mas não tinha ousado...

"Esta tarde encontro você às seis horas." Essas palavras ressoam em sua cabeça como um alarme. Para o primo Hadrien, um encontro com a namorada, Simone, quer dizer: "A gente vai se beijar, trocar palavras de amor e ficar bem pertinho um do outro".

Mas esta tarde, nada de beijos: em vez disso, Marion vai lhe falar de Franck. Prefere morrer a ter que ouvir isso. Gostaria de sumir, mudar de país, nunca tê-la conhecido.

Melhor desmarcar de uma vez, inventar algum pretexto. Desce as escadas pulando os degraus, empurrando os alunos que sobem, mas de repente fica paralisado, apoiado no corrimão: Marion está logo abaixo dele com duas amigas. Elas não o viram, mas ele as ouve pronunciar seu nome.

Debruça-se um pouco e reconhece Jade, uma verdadeira língua de serpente.

– Dizem que o Willy esvaziou a mochila dele no pátio, na frente de todo mundo!

Ela fica feia quando está destilando veneno.

– Que mico! – diz a outra menina, rindo. – E aquela cara de bebê, com o cabelo penteado para o lado e a eterna blusa marrom...

Blusa marrom? Abaixa os olhos: é exatamente o que está vestindo.

– Parem! – diz Marion. – O Adrien é legal.

– Ah, isso com certeza! – responde Jade. – Deixa que pisem nele como se fosse um tapete!

– Dizem que ele foi convidado pra festa da Sarah, a nova aluna – diz a outra amiga.

– Quero saber que menina vai ficar com ele – Jade ri. – Lembra quando ele te convidou pra dançar na festa do Romain? Ficou o tempo todo pisando nos seus pés!

As duas riem com maldade, e Adrien, com um desespero imenso, vê a sombra de um sorriso se esboçar no rosto de Marion também...

Então ela também o considera ridículo?

Não, realmente, nada de ir ao encontro esta tarde.

Caro Hadrien,

Obrigado pela carta e pelo elogio ao meu desenho. Então foi para você que o mandei? Não sabia o que tinha feito com ele. Os personagens no cesto são Marion e eu. Copiei o balão de uma ilustração do romance de Júlio Verne, A volta ao mundo em 80 dias. Não teria conseguido fazer sozinho.

Preciso lhe contar a verdade.

Menti para você, e isso não é legal.

Não estou saindo com a Marion nem sou o primeiro da sala. Não sou como você, que tem facilidade com as garotas e sabe o que vai fazer no futuro. Sou um zero à esquerda. Para as pessoas como você, a vida deve ser simples. Para mim, não.

A propósito, o terceiro personagem do desenho é o Franck, o novo namorado da Marion. Está vendo como sou um zero à esquerda? Ela está saindo com outro cara.

Adrien

P.S.: Pensei no seu problema com o trabalho para a escola. De minha parte, resolvi não dar mais bola para os trabalhos escolares, mas sei que para você é importante. Acho que seu amigo Jules é como eu. Se um amigo me convidasse para fazer um trabalho junto com ele seria um grande erro de sua parte.

Talvez você não tenha escolhido a pessoa certa. O que você precisa não é de um amigo, e sim de um bom aluno, motivado, disposto a trabalhar tanto quanto você. Talvez deva aprender a confiar em pessoas que não estão no seu pequeno círculo de amigos. Acho que o seu professor ficaria feliz se você se propusesse a fazer o trabalho com outro colega.

Capítulo 8

2 de fevereiro de 1914

Debaixo do edredom de penas, na pálida luminosidade do sol que custa a vencer a escuridão do céu de inverno, Hadrien relê a surpreendente carta do primo. Passado o espanto inicial, ficou bastante comovido com aquelas palavras. Percebe que as provocou com suas próprias confidências e, longe de sentir desprezo, compreende o mal-estar de Adrien. Ele também já se sentiu um zero à esquerda e sabe que não é verdade, mesmo quando tudo dá errado.

    Motivado pelo conselho do primo, levanta-se com a firme intenção de se sair bem no maldito trabalho escolar. Está tão animado que bate a cabeça ao levantar: sua cama embutida está ficando pequena. Era ótima quando era criança, mas agora se tornou desconfortável, e já não pode esticar as pernas sem encostar no fundo. Com um pouco de sabão preto, toma um banho de gato usando a bacia de água gelada. Ouviu dizer que nas casas dos ricos da cidade a água chega sozinha através de tubos. Será assim na casa de Adrien? O fato é que, em Corbeny, é preciso tirá-la do poço. Enregelado, desce até a cozinha e engole o café da manhã. Uma tigela de leite de cabra com uma colher de café, que lhe dá uma cor de caramelo, e um pouco de pão. Não tem mais geleia: faz dois anos que as colheitas têm sido ruins, e há poucas frutas, por isso o estoque de vidros da geleia feita por sua mãe não passou do Natal. O pão preto seria seco não fosse a boa manteiga que ela faz. Uma única vez na vida Hadrien experimentou um *croissant*, na casa do tio da cidade: será que Adrien come *croissants* todas as manhãs?

No caminho da escola, vai correndo e pensando: o novo trabalho é sobre os métodos modernos de cultivo. Está com a cabeça nas máquinas de que pretende falar quando alguém o chama:

— Ei, Hadrien!

Jules o espera com Simone, ambos sentados no parapeito do chafariz da praça. Estão tentando quebrar o gelo com pedrinhas. Hadrien hesita um pouco antes de se sentar, mas acaba se instalando ao lado de Jules. Embora este aprecie sua proximidade com a irmã, Hadrien sempre fica um pouco constrangido na presença dos dois. Não consegue se imaginar pegando a mão de Simone na frente do amigo!

— Fico contente em ver você, Jules! — diz Hadrien, o que faz Simone franzir a sobrancelha de despeito.

— Eu também! Vamos patinar no lago esta tarde?

— Puxa, Jules... A gente não pode, temos que preparar o novo trabalho.

— Essa não, lá vem você. Eu não vou fazer nada. Esse professor me dá nos nervos. Já fizemos um, não basta?

— *Eu* fiz um, você quer dizer! — zanga-se Hadrien.

— Então vai fundo, pode fazer outro.

Jules sai pelo caminho coberto de neve com uma expressão de desafio no rosto. Hadrien, irritado, se vira para Simone.

– O que não falta a ele é insolência, não acha?
– A você também! Nem sequer me disse bom dia!
– Puxa, desculpe, eu... Simone.

Hadrien fica desamparado: quer correr atrás de Jules, forçá-lo a estudar com ele, mas a expressão triste de Simone o retém. Está fora de questão se indispor com sua namorada.

– Não quis ser grosso, é que estou tão preocupado com...

– ...o trabalho para a escola! Eu sei, você só fala disso, é a única coisa com que se importa...

– É que... é importante para mim – tenta se defender Hadrien, olhando para os velhos sapatos encharcados de neve.

– Tem outras coisas mais importantes! Meu irmão está doente!

– Que nada, olhe para ele, correndo como um coelho.

– Não o Jules, seu besta, estou falando do caçula, o Albert. Pegou a gripe do Jules, só que bem mais forte. Está tossindo muito – explica Simone com a voz trêmula.

– Sua mãe chamou o médico dessa vez? – ele pergunta, colocando seu cachecol no pescoço dela.

– Ela não tem dinheiro, e é orgulhosa demais pra chamar o doutor sem poder pagar.

– Quer que eu fale com a minha mãe?

– Não, só em último caso.

Hadrien sente que é o momento certo para pegar a mão dela e, de fato, ela sorri, mais tranquila. Isso não resolveu os problemas dele, mas pelo menos não deixou as coisas azedarem com ela. Sabe que é uma sorte ter uma boa namorada. Vai tentar ajudar Adrien com sua Marion.

A professora das meninas passa diante deles, encarangada de frio em seu casacão, e eles a seguem até a escola.

– Sabe, quanto ao trabalho, Adrien sugeriu que eu mudasse de dupla. Talvez ele tenha razão, no final das contas.

– Adrien? Quem é esse?

– Não falei dele para você? É um dos meus primos que moram na cidade. De um mês para cá temos trocado cartas.

– Olha só! Para mim você nunca escreveu!

– Bom... – ele hesita, com medo de zangá-la de novo. – Nunca passou pela minha cabeça... A gente se vê todo dia!

– De qualquer jeito, seu primo tem razão. Encontre outro parceiro e pare de aborrecer o Jules com isso.

Se Adrien e Simone concordam, essa solução deve ser mesmo a melhor: só lhe resta conversar com o professor Julien depois da aula.

∾

Hadrien passa o resto do dia contando as horas atrás de sua carteira na escola. Mas elas avançam como lesmas preguiçosas. Finalmente, os outros deixam a sala.

– Professor Julien?

– Sim? – responde o professor, mergulhado na correção das redações.

– Estou preocupado com o novo trabalho que devemos apresentar.

– Por quê?

– O Jules não quer trabalhar, e eu gostaria de mudar de parceiro.

O professor ergue a cabeça e observa Hadrien por um instante.

– Está bem, você vai trabalhar com o Lucien.

– Não, ele não! – exclama Hadrien sem conseguir se controlar.

– Não perguntei sua opinião – o professor responde asperamente.

– Desculpe-me – murmura Hadrien, tentando dissimular sua decepção.

– Vai ser bom para vocês começarem a trabalhar juntos: para o certificado, seguirão um programa especial e formarão uma dupla de trabalho. Eu lhes darei todo o apoio: Lucien médico, você engenheiro; quero que realizem seus sonhos.

– Não sabia que Lucien queria seguir a carreira do pai.

– Está vendo, não o conhece tão bem assim. Dê uma chance a ele!

∽

Ao contrário de Julien, o antigo professor nunca teve maiores ambições para eles, embora fizesse muito bem seu trabalho. Era um homem da região, sabia que as famílias precisam de braços e herdeiros para as fazendas. Por isso, acreditava que seu papel não era estimular os jovens a ir para a cidade. Quanto a enviá-los para o pequeno liceu de Laon, nem imaginava que aquilo fosse possível financeiramente. De fato, para um filho de família pobre entrar no ensino médio é indispensável que tenha uma bolsa e, para tanto, precisa obter resultados excepcionais nos exames finais.

Hadrien sabe que não tem escolha: seus pais mal conseguem se sustentar, quanto mais arranjar quinhentos francos para pagar o internato. E fica com raiva ao pensar que o metido do Lucien não precisa se preocupar com isso... Assim como Adrien, seu primo da cidade!

∽

— Acha que está pronto para isso? — pergunta o professor.

— Ééé... vou tentar... Não me entendo muito bem com o Lucien.

— Não estou falando da apresentação do trabalho, estou falando dos exames finais.

— Ah, sim! Estou pronto. Quero cursar o nono ano no pequeno liceu!

— Para isso, precisa da autorização do seu pai. Já conversou com ele?

Hadrien pensa com amargura na única vez em que o assunto foi abordado em sua casa, no Natal. Seu pai bateu com o punho na mesa, sua mãe chorou, e Hadrien deixou a cozinha gritando, o que lhe valeu uma bela surra de cinto nas pernas. Ficou sentindo a ardência dos golpes por uma semana. Sua mãe teve que lhe aplicar emplastro para cicatrizar. Finalmente, foi decidido que ele poderia fazer os exames finais, mas ir para Laon, nem pensar.

— Ainda não, mas...

— Quer que eu converse com ele?

— Não, primeiro vou conversar de novo com minha mãe.

— Ela sabe que você quer ser engenheiro?

— Sim. Eu não parava de fazer perguntas a ela, então ela pediu ajuda ao meu avô. Ele me arranjou um manual técnico com esquemas das máquinas que utilizávamos na fazenda quando eu era menor. Vou usá-lo na apresentação.

— Também precisa aprender desenho técnico.

— Puxa, por falar nisso, professor, gostaria de lhe mostrar os desenhos do meu primo! Ele tem muito talento, e se inspira nesse autor de que o senhor falou, Júlio Verne.

Hadrien tira do alforje seu livro de leitura, *Os dois meninos que deram a volta na França*, dentro do qual guarda as cartas de Adrien. O professor observa as cartas com atenção. Curiosamente, interessa-se mais pelos selos do que pelos desenhos.

– Estranho – murmura para si mesmo –, esses selos não têm o timbre do correio nem foram carimbados. Além disso, não conheço esses quadros e nunca ouvi falar desses pintores... Braque, Pissarro... E essa rua? "Jean-Jaurès*"? O pacifista? Como esse homem pôde virar nome de rua se as autoridades desconfiam tanto dele?! Ele luta no Parlamento para que a guerra contra a Alemanha seja evitada. Fala com tanta eloquência que dizem que enquanto estiver vivo não entraremos em guerra!

Continua murmurando, enquanto Hadrien pensa no trabalho que terá de fazer com Lucien. Que enguiço!

– Pode deixar essas cartas comigo? Estou intrigado!

Hadrien faz que sim com a cabeça e sai da sala, entregue à angústia de ter que trabalhar com seu inimigo declarado.

∽

Mas logo decide pegar o touro pelo chifre e vai direto à casa do médico. Já esteve uma vez na casa de Lucien, quando teve escarlatina. O menino abre a porta da bela casa

---

* Historiador, jornalista, político e líder socialista francês nascido em 1859 e falecido em 1914, vítima de assassinato. Símbolo do pacifismo, ele se destacou particularmente por se opor firmemente à declaração da Primeira Guerra Mundial. (N.E.)

de pedra branca; tem um guardanapo de pano em volta do pescoço e chocolate no canto dos lábios.

– Veio me incomodar na hora do lanche? O que quer?

– Foi o professor que me enviou: devemos fazer juntos o trabalho sobre técnicas agrícolas.

– O quê?! Mas é o Jules que deve fazer isso com você!

– O professor acha que devemos nos acostumar a trabalhar juntos para o certificado.

– Eu não quero trabalhar com um caipira!

– Se o professor mandou, você obedece, seu imprestável! – intervém uma voz grossa vinda do consultório médico. – Desculpe não ir cumprimentá-lo, Hadrien, mas estou no meio de uma consulta.

Lucien fecha a cara, mas aceita a divisão do trabalho proposta por Hadrien, e este volta para casa um pouco mais alegre. Não parou de pensar em Adrien durante o dia, e gostaria de responder sua carta ainda esta noite.

– Estava esperando você – diz Marthe quando ele abre a porta. – A mamãe está na lavanderia e eu vou lá ficar com ela. Você deve cuidar da sopa e buscar lenha.

Perfeito. Mais uma vez, a mãe conseguiu arrumar uma desculpa para ele ter tempo de fazer os deveres. Mas, antes, vai responder à carta do primo. Pega imediatamente a pena para lhe contar que, para ele, as coisas tampouco são simples. Sente vontade de tranquilizá-lo... e de fazer confidências também! Fala de Simone, que não entende seu desejo de ir estudar na cidade, da irmãzinha que adora e do professor, tão exigente. Queixa-se de Lucien, esse insuportável riquinho com quem vai ter que trabalhar. Pede um conselho quanto à conversa com sua mãe: talvez Adrien tenha uma boa ideia... Finalmente, para agradá-lo e já ir treinando um pouco de desenho técnico, copia uma das máquinas de seu manual, uma separadora de grãos. Hadrien a conhece bem: sempre a usam no inverno para debulhar as espigas de milho. Quando termina, percebe que o desenho não ficou muito bom e desiste de enviá-lo. Fica com vergonha diante de Adrien, que desenha tão bem. Cada um com seus talentos! Esse último pensamento lhe dá uma ideia: lançar um desafio ao primo.

P.S.: Vamos fazer um trato? Você se declara para a Marion e eu digo ao meu pai que quero ir para o liceu em Laon!

Capítulo 9

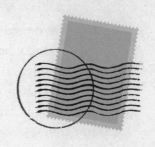

18 de fevereiro de 2014

Adrien volta da escola a passos lentos e desce a interminável escadaria que dá em sua casa. Ao passar pelo cemitério, não consegue evitar uma espiada. Depois que viu Marion rir dele com as amigas, não compareceu a nenhum dos encontros marcados por ela. A cada vez, responde com uma vaga desculpa.

O grande cipreste continua em seu lugar, bem em cima do túmulo que lhes servia de ponto de encontro. Alguém foi enterrado ali há muito tempo, talvez durante uma das guerras mundiais.

Adrien tenta se convencer de que muita gente teve menos sorte do que ele, de que há vidas muito mais duras que a sua, mas não consegue. Desde que meteram em sua cabeça que devia se sentir culpado pela fome na África, sente vontade de gritar que ele também é infeliz.

Marion está saindo com outro cara: pode haver algo pior do que isso? Nunca teve uma namorada, mas sempre pensou que, quando tivesse, nada de ruim poderia lhe acontecer. Todas as pequenas preocupações da vida lhe pareceriam irrisórias, seria a felicidade total.

E o primo Hadrien ainda tem a cara de pau de se queixar! Ele, que tem ao seu lado a menina de que gosta!

Ao abrir a porta, reza para que a mãe ainda não tenha chegado do trabalho, mas o rádio está ligado na cozinha, o que é um mau sinal. Tira os sapatos e se dirige silenciosamente à escada. Com um pouco de sorte, ela não o escutará.

Mas Éloïse tosse atrás dele, uma tosse encatarrada e dolorosa. Vira-se e a vê encolhida no sofá.

– O que você tem? – pergunta se aproximando, preocupado. – Está doente?

– Estou com dor de garganta.

A porta da cozinha se abre e a mãe aparece com uma faca de cortar legumes na mão.

– Éloïse, vá colocar uma blusa, meu anjo. Não gosto de ouvir você tossindo assim.

Então se vira para o filho com um sorriso um pouco forçado.

– Boa tarde, Adrien.

Ele suspira e lança um olhar aborrecido para a mãe. A expressão dela se fecha na hora.

– Não faça essa cara! – diz, erguendo os olhos para o céu. – E poderia ao menos me dizer "boa tarde" quando chega da escola!

– Boa tarde – ele responde, em tom irritado. – Posso ir agora?

– Espere aí!

Ele para com o pé no primeiro degrau, sem olhar para trás.

– Vi sua professora de história e geografia ontem, na padaria...

– Ah é?

Maldita cidade pequena, onde todo mundo se conhece! Adrien detesta Laon. Até se pergunta por que Hadrien sonha em morar ali, é uma cidadezinha de nada! Seu primo é realmente esquisito. Ele gostaria de morar em Paris ou em São Francisco. Uma cidade de verdade!

– Ela me contou que você andou tirando um zero.

A prova surpresa sobre as colônias francesas...

– Não foi culpa minha! – mente. – Eu tinha estudado a lição errada!

A mãe dá um passo em direção a ele e cruza os braços, constrangida.

– Também recebi seu boletim parcial esta manhã: 4 em matemática, 4,5 em francês, 3,5 em ciências! Adrien, não estou entendendo. Você sempre foi um bom aluno e, de repente, tira notas vermelhas nas principais matérias! O que está acontecendo? Houve alguma coisa grave? Alguém prejudicou você? Um aluno, um professor? Tem que me contar, sou sua mãe!

Jamais entenderia o que está me acontecendo, então me deixe em paz! É o que gostaria de responder. Será que é tão difícil de compreender? Em vez disso, diz simplesmente:

– Não, está tudo certo. Eu só dei uma bobeada em matemática e em francês, não é o fim do mundo. Vou me recuperar no próximo trimestre.

A mãe se aproxima e, com um gesto hesitante, tenta passar a mão no cabelo do filho. Adrien afasta a cabeça.

– Mãe, eu tenho 13 anos!

O tom dela se torna mais duro.

– Justamente! Está no oitavo ano, agora a coisa é séria.

Ele ergue os olhos para o céu.

– Você diz isso todo ano: se fosse dar ouvidos a você, até o maternal foi o ano mais importante da minha vida.

Quando vou ter um ano *não sério*, em que poderei fazer o que quiser?

Ela abre a boca como se fosse gritar, mas, no último instante, se controla.

– Muito bem – diz afinal, a voz fria como o gelo. – De agora em diante, vai me mostrar seus cadernos todas as noites, e eu vou verificar se estudou a lição certa.

– Mas...

– Não tem "mas" nem meio "mas".

E acrescenta, voltando para a cozinha:

– Ninguém faz só aquilo que quer, Adrien.

Ele sobe a escada batendo os pés e fecha a porta do quarto com estrondo. Ouve a campainha da casa, mas não presta atenção. De qualquer jeito, ninguém nunca vem visitá-lo.

Suspira: está na hora de cumprir sua parte no trato com Hadrien. Pega uma folha em branco e começa uma carta para Marion, explicando tudo em algumas palavras: que sempre foi apaixonado por ela, que não sabia como lhe dizer isso, que está a ponto de explodir com todo esse amor que guarda escondido dentro de si...

Na parede, os personagens do pôster do quadro do Picasso parecem rir dele. Foi Marion que o trouxe de uma viagem a Barcelona. Então abandona a carta, sobe na cama, arranca o pôster e rasga em pedaços *As senhoritas de Avignon*. Não satisfeito, começa a procurar outros vestígios de Marion pelo quarto.

O cartão que ela lhe deu de aniversário e que estava espetado na parede: abre a janela e o joga no quintal. O chapéu para caminhadas que ela lhe ofereceu nas férias com seus pais: pra fora também. Assim como as velhas pulseirinhas que teciam juntos, as revistas em quadrinhos que trocavam e o bolo de bilhetinhos que recebeu dela (costumavam colocá-los na caixa de correio um do outro).

Alguém bate na porta.

– Estou ocupado!

– É só um minuto – diz a voz de Marion por trás da porta.

O coração de Adrien para de bater por um instante.

– Marion? É você?

– Não, seu tolo, é a fada Carabosse!

Ele recolhe as meias sujas e joga debaixo da cama; dá sumiço nas dezenas de desenhos a lápis que fez nos últimos dias: toda uma série de Francks esmagados por um caminhão/um Airbus/um asteroide/um *camembert* gigante..., sua mãe com dentes de vampiro, Marion de biquíni, Emma Watson de calcinha...

– Espere um pouco... já vou... eu... eu...

A porta se abre e a cabeça de Marion aparece.

– Você tá quebrando tudo aí dentro?

A carta! A carta de amor em que conta tudo! Na última hora, consegue escondê-la debaixo da bunda.

– Não vai me dar um beijo?

Não pode se levantar por causa da carta. Tenta com todas as forças manter uma expressão indiferente.

– Já nos vimos hoje de manhã, não?

Marion não diz nada e senta na cama, empurrando discretamente o pijama jogado ali. Está vestindo uma camisetinha justa e uma minissaia que Adrien não conhecia. Detesta vê-la nesses trajes, porque sabe que é para o Franck que ela se veste assim.

– Posso fechar a janela? – ela pergunta.

Ele fica pálido e não sabe o que dizer. Se ela olhar para o quintal, vai ver tudo o que jogou ali: os bilhetes, as revistinhas, as pulseiras. Ela vai entender e ficar sabendo de tudo! Mortificado, ele a vê estender a mão para a janela... Mas, por milagre, ela não olha para baixo e volta a se sentar.

– Ei! O que houve com *As senhoritas de Avignon*? Você não gostava do pôster?

Ele faz um gesto evasivo com a mão.

– Sofreu um pequeno acidente, só isso.

Ela contempla os pequenos pedaços espalhados no chão e os restos do pôster ainda presos por duas tachinhas na parede. Difícil acreditar que tenha sido um acidente, mas não quer brigar com ele.

– Percebi que está me evitando. Então, como você não vem aos nossos encontros no cipreste, decidi fazer uma visita. Você é o meu melhor amigo, sabe disso. Não é porque estou saindo com o Franck que vamos deixar de ser amigos!

Adrien concorda com a cabeça, sem dizer nada. É a hora, pensa. *Ok, Hadrien, vou dizer tudo a ela. Marion, quero ir ao cinema com você, quero sair na rua com você, ir a todos os lugares com você. Só penso nisso, não sinto vontade de fazer mais nada, nem consigo dormir à noite de tanto que penso em você...*

– Vim aqui – prossegue Marion – pra falar do Franck.

Adrien fica de boca aberta. As palavras ficam presas em sua garganta, sente-se paralisado, impotente. Tudo o que consegue responder é:

– Ah é? Legal.

Ele se esforça para manter uma expressão indiferente, quando na verdade está beliscando a pele do pulso até sangrar para não explodir em soluços.

– Talvez você tenha ficado surpreso quando contei que a gente estava junto... – começa Marion. – Eu... eu achava que não estava pronta pra sair com um garoto.

Achava todos tão pretensiosos, você sabe, sempre fazendo pose, querendo impressionar as garotas...

Adrien sente vontade de gritar: *Mas eu não sou assim! Nunca fui assim!*

– Só que, no caso do Franck, é pra valer, entende? Ele é *realmente* bonito como um Apolo. E é *realmente* incrível. Sabia que uma vez ele salvou a vida de um menininho? Ele se jogou no meio da rua pra tirá-lo da frente de um caminhão. Quebrou uma perna, mas salvou o menino!

– Sim, ele parece muito... simpático – diz Adrien, engolindo a saliva.

– Queria que vocês se conhecessem. Que tal a gente ir ao cinema junto?

Não, isso não, de jeito nenhum.

– Seria legal – mente. – Só que... é que vocês vão estar em dois, e eu não tenho ninguém...

Ela olha pra ele com uma expressão conspiradora.

– Por isso mesmo, meu plano é arranjar um par pra você também!

O quê?!

– Notei que você fez amizade com a Sarah, a nova aluna da sua sala. Ela parece supersimpática! Tenho certeza de que a gente ia se entender bem, os quatro!

Ele ergue os olhos para o céu.

– E o que mais? Vai organizar nosso casamento? Além disso, devo lhe informar que ela tá saindo com o Tom.

Ela faz uma pequena careta.

– Ah, mas isso você sabe como é, vai e vem... O Tom muda sempre de namorada. Os casais não duram eternamente.

Adrien sente de repente uma onda de calor. Ela tem razão! Mas, nesse caso, ela e Franck também podem acabar logo. Quem sabe se, numa semana ou duas, não terão terminado e ela já o tenha esquecido? Sim, só que... Marion não é do tipo que esquece as pessoas.

— A propósito, soube que você tirou um zero em história e geografia...

— Quem te disse isso?

— E que também tirou uma nota péssima em francês e não entregou o trabalho de matemática. O que houve? Está com algum problema?

— Isso não é da sua conta.

— Fico preocupada com você — ela responde sem lhe dar ouvidos. — Não pode bobear na escola. Os professores não vão dar moleza pra você, e o oitavo ano é importante, você sabe.

De repente, Adrien sente alguma coisa se quebrar dentro dele. Conseguiu engolir as confidências sobre Franck e o arranjo para ir ao cinema com Sarah. Mas esse papo sobre a escola foi a conta, a gota d'água.

— Já disse que isso não é da sua conta! Me deixe em paz!

Levanta-se. O quarto gira ao seu redor, estrelas dançam diante de seus olhos, e parece que as batidas do coração vão arrebentar seus ouvidos.

— Puxa... — ela diz, estupefata.

— E afinal, o que você tem a ver com isso? Acha que não ouvi você rindo de mim com suas amigas? Eu estava lá! Bem atrás de vocês! Então, não adianta vir aqui agora bancar a boa amiga.

Ele nunca tinha gritado desse jeito em sua vida.

— *Não* quero conhecer o seu Franck! *Não* quero sair com a Sarah! *Não* quero ser seu melhor amigo! Tudo o que quero é que você me deixe em paz.

Não era o que ele queria dizer, mas, quando a gente está com raiva, não escolhe as palavras. As que nos vêm à boca são sempre as mais cruéis, nunca as mais verdadeiras.

Marion fica branca como um fantasma. Não diz nada. Olha para o pôster rasgado, e uma lágrima escorre lentamente pelo seu rosto. Então se levanta, vai até a porta e a fecha delicadamente, sem bater, sem fazer barulho.

Adrien ouve sua mãe se despedir dela, mas Marion não responde.

Pronto.

Ela se foi.

Adrien continua de pé no meio do quarto. Contempla por um momento a carta de amor toda amassada sobre a cadeira, então a embola e joga na lixeira. Vai até a escrivaninha, pega uma nova folha branca e começa a escrever outra carta. É para Marion que gostaria de escrever, mas agora ela o detesta, nunca mais falará com ele. Não tem mais jeito, está tudo perdido.

Caro Hadrien..., começa.

Mas não encontra palavras para expressar seu sentimento de devastação. Então desenha uma paisagem de árvores gigantescas e de flores luxuriantes e a enche de pequenos animais coloridos, de personagens que riem e se dão as mãos, antes de decorar tudo com um sol deslumbrante.

Escreve apenas algumas palavras no verso.

Estou contente que a gente se escreva. Gostaria de falar diretamente com você. Qual é seu número? E seu e-mail? Você é a única pessoa a quem realmente posso contar o que está me acontecendo.

Sinto muito pelos problemas com seu pai, que não te deixa em paz com essa história dos estudos. Aqui em casa é o contrário: minha mãe só quer saber das minhas notas e não compreende nada do que estou sentindo. No fundo, os adultos são todos uns babacas. Mas, acima de tudo, curta muito com a Simone. Você tem uma sorte e tanto por estar com ela, sabia? Não a perca!

Eu estraguei tudo com a Marion, agora não tem mais volta. Pode me chamar de covarde porque não consegui cumprir minha parte em nosso trato. Tentei, juro, mas não fui capaz de dizer a verdade a ela. Em vez disso, falei coisas horríveis.

Espero que esse meu pequeno mundo inventado levante o seu moral. É assim que eu me refugio quando tudo vai mal. Porque tudo o que está nesse desenho é exatamente o contrário da minha vida.

Seu primo e amigo (se você aceitar),

Adrien

Capítulo 10

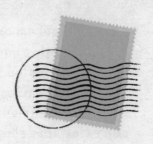

23 de fevereiro de 1914

Hadrien passa uma hora trabalhando com seu pior inimigo, e é tão penoso quanto imaginava. Lucien não para de se gabar, falando de sua nova bicicleta, um foguete, "vermelha como o fogo" e "rápida como o relâmpago".

– É uma Peugeot, a mesma marca da bicicleta do Philippe Thys, o vencedor do *Tour de France*!

– Sei... mas não é a bicicleta do Philippe Thys.

Pfff. Mas pelo menos avançam no trabalho: Hadrien tem que admitir que Lucien se sai bem. Sabe organizar as partes e se interessa muito por máquinas.

– Que tal reproduzirmos esses esquemas em folhas grandes? Assim podemos valorizá-los, e depois o professor pode pendurá-los na sala.

– Sim, é uma boa ideia – responde Hadrien, chateado por não ter pensado nisso antes.

– Sabe desenhar? Eu sou muito bom nisso, e até treinei, olha só! – exclama Lucien, irritante até não poder mais.

– Sim, nada mal. Quase rasgou um pouco a folha aqui. Teve que refazer muitas vezes?

– Ééé... sim.

– Não sabia que você se interessava por máquinas, pensei que queria ser médico.

– Até parece! Meu pai é que quer que eu estude medicina. Eu, ficar dando injeções o resto da vida aqui nesse fim de mundo?! Não, o que eu quero é fazer a Escola de Artes e Ofícios e ser engenheiro!

– Sério? Eu também! Seria legal a gente ir junto! – Hadrien responde, alegre.

– Você? Você nunca irá para o liceu! Vai é ser um caipira que nem seu pai!

O sangue sobe à cabeça de Hadrien, que sente uma vontade imensa de dar um murro na cara daquele imbecil – só que está na casa dele e seu pai está ali na sala ao lado. Mas que seria bom lhe dar uma lição, ah, isso seria! O pai de Lucien chega enquanto Hadrien pesa os prós e os contras.

– O trabalho está indo bem, rapazes? Hadrien, aproveite para pôr um pouco de juízo na cabeça desse moleque. É um preguiçoso, um imprestável que passa o tempo no mundo da lua. Imagino que você seja mais sério que ele, os camponeses costumam ter o pé mais no chão!

Lucien fecha a cara, e Hadrien percebe que está na hora de ir embora.

Segunda terão que continuar, mas amanhã é domingo, e fica feliz por isso. Francamente, seu amigo Adrien tem cada ideia! Trabalhar com o Lucien! Não devia tê-lo escutado.

Ao sair da casa do médico, tem pressa de voltar para casa: pensa no primo e tem esperança de encontrar a carta que espera há pelo menos dez dias. Com um pouco de sorte, talvez tenha conseguido levantar o moral de Adrien.

Enquanto aperta o passo para chegar mais rápido, avista Simone voltando do padeiro com uma expressão preocupada.

– Ué, pensei que vocês sempre fizessem pão em casa...

— Acabou o fermento.
— Seu irmão está melhor?
— Não, pelo contrário. Mamãe vai chamar o médico. Terminou um vestido para a mulher do prefeito, assim teremos um pouco de dinheiro. O chato é que esse dinheiro era para comprar sapatos novos para o Albert, ele está crescendo tão rápido...
— Minha mãe sempre guarda tudo, ainda deve ter os meus. E algumas roupas também. Não é a Marthe que vai usar minhas calças e minhas camisas! Posso trazer essas coisas amanhã?
— Claro, Hadrien, muito obrigada! – exclama Simone, surpresa com a solicitude dele.

Hadrien percebe a surpresa dela e se dá conta de que devia ter oferecido aquilo há muito tempo. Simplesmente não tinha pensado nisso. Adrien já o teria feito, ele é tão gentil... Volta para casa pensativo e encontra a carta.

Toma o cuidado de não rasgar o selo, pois quer mostrá-lo ao professor. Lê as primeiras linhas com avidez: também está contente por eles se escreverem e gostaria de falar diretamente com Adrien. Só não entende o que é um "e-mail"... E que história é essa de número? Será o número de sua casa?

Seu primo é estranho, às vezes parece viver num outro mundo. Retomando a leitura, Hadrien suspira. Adrien está triste, até derrotista. Sente vontade de sacudi-lo, de vê-lo reagir. Afinal, a escola é importante, sim! E para que ser tão grosseiro com a mãe?! Hadrien jamais ousaria dizer, quanto mais escrever, algo tão vulgar. No entanto, compreende a raiva do primo, ele também sente as coisas com muita intensidade quando briga com seu pai.

"Mas, acima de tudo, curta muito com a Simone. Você tem uma sorte e tanto por estar com ela, sabia? Não a perca!"

Essa é boa! Não é por sorte que está com Simone, é porque fez o que era preciso para conquistá-la. Flores, maçãs, pedacinhos brilhantes de mica... Foram necessárias várias pequenas atenções para que ela o deixasse se aproximar. E quantas palavras bonitas teve que dizer até conseguir pegar sua mão! Chegou mesmo a escrever poemas para ganhar seu primeiro beijo. Gostaria de dizer a Adrien que não é tendo pena de si mesmo que vai conseguir o que quer!

Termina de ler a carta e descobre a proposta de Adrien: ser seu amigo? Sim, é claro! Então a amizade é isto: estar tão próximo do outro que a gente vive com ele, sente vontade de ajudá-lo e de lhe contar nossos segredos.

Começa a responder emocionado, mexido:

Caro Adrien...

Mas a continuação não vem. De repente ficou difícil escrever, como se as palavras se esquivassem, recusando-se a expressar sua emoção.

Pensa nos conselhos que quer dar ao primo, mas não sabe como. Medo de irritá-lo? De constrangê-lo? Sente vontade de ser seu amigo também, mas como estar à altura disso? Adrien parece estar tão... frágil! Diz para si mesmo que, de qualquer modo, o carteiro só passará na segunda, então deixa para escrever no domingo.

Levanta cedo na manhã seguinte, executa suas tarefas domésticas, pega dois pares de sapatos, algumas roupas que ficaram pequenas e sai. Seu pai já está lá fora, recolhendo lenha ou alimentando as vacas.

Põe a cabeça para dentro do estábulo e chama o pai. Um resmungo responde lá do fundo.

– Estou indo na casa da mãe da Simone. Você não queria dar alguma coisa pra ela?

– Sim, pegue um feixe de lenha – responde o pai. – Ela deve estar sem tempo para cuidar disso. E diga que passarei lá amanhã pra consertar o telhado do celeiro. A pobre mulher, com todos os seus infortúnios, e agora com o filho doente...

Então se aproxima de Hadrien e o olha de cima a baixo.

– Temos sorte de estarmos todos vivos e em boa saúde. Isso já é muito, e, assim, podemos ajudar os que precisam... As pessoas da cidade não sabem o que é ajudar uns aos outros! Acho que você não se dá conta da sorte que tem.

O olhar do pai é penetrante, e o filho baixa o seu.

– Anda, vá lá ver sua bela Simone – acrescenta o pai, já com menos dureza. – Mas não entre na casa! Não se aproxime do pequeno. Não quero que fique doente também, ouviu?

Não estão acostumados a demonstrar afeição um pelo outro. Hadrien até lembra que, quando era menor, o pai o colocava às vezes no cavalinho para lhe mostrar o mundo de cima. Não faz tanto tempo assim, volta e meia ainda lhe dava um tapinha gentil, chamando-o de "meu filhão". Quando terá sido a última vez? Antes do verão, talvez? Hadrien não entende muito bem o que mudou, sentindo confusamente que a mudança pode ter a ver com sua própria atitude desde que o novo professor chegou à escola. Cada vez que fala das aulas, das matérias apaixonantes que o professor Julien lhes ensina – astronomia, ciências naturais, física... –, seu pai franze as sobrancelhas ou interrompe a conversa.

"Para que saber o nome científico das estrelas? Nunca aprendi isso, mas sei me orientar perfeitamente na floresta seguindo a estrela d'alva!"

O que mais irrita o pai são os livros. Com o antigo professor, os alunos só liam *Os dois meninos que deram a volta na França*, livro que era passado dentro da mesma família até que se desfizesse em pedaços. Já o professor Julien lê para eles textos de literatura: Júlio Verne, Alexandre Dumas, Émile Zola. E depois os empresta aos alunos. Hadrien usa tocos de vela para lê-los e relê-los na cama, e isso é realmente insuportável para o pai. Ele resmunga tão alto que o filho não consegue terminar a página, perturbado por seus berros. Às vezes, chega ao extremo de apagar sua vela.

Um dia, Hadrien falou disso à mãe.

– Mãe, por que o pai não me deixa ler?

– Ele não consegue entender, é o único que não sabe ler na família... Isso o deixa constrangido e, consequentemente, irritado.

– Eu poderia ensiná-lo.

A mãe caiu na risada, um riso aberto que por vezes toma conta dela.

– Seria mais fácil ensinar as vacas a se ordenharem sozinhas! Acredite em mim, não é uma boa ideia.

– Você tentou?

– Sim. Quando o conheci, queria que ele soubesse ler para procurar um emprego na cidade. Mas ele resistiu. Depois começou a trabalhar aqui na fazenda e nunca mais tocamos nesse assunto.

Em seguida, pôs uma faca e uma batata nas mãos do filho, dando a conversa por encerrada.

A casa de Simone fica na entrada do vilarejo. Uma casinha velha, colada ao estábulo. Eles têm apenas uma vaca e duas cabras, uma horta que mal produz para os quatro e um bosquezinho para fornecer lenha. Seis anos atrás, o pai de Simone tinha morrido de um coice do cavalo que estava ferrando. Hadrien ainda se lembra dos seus gritos de dor, no final. O médico disse que não havia nada a fazer, que ele estava destruído por dentro. A mãe de Simone ficou sozinha com a filha de 6, o filho de 5 e um recém-nascido. E uma coisa Hadrien não pode negar: desde então, seu pai sempre os ajudou.

Bate à porta e ouve um movimento.

– Hadrien? É você?

– Não, é o Papai Noel, ho-ho-ho – faz engrossando a voz.

– Seu tolo – diz Simone, abrindo a porta com um sorriso. – Vai entrar? Albert ficará contente em vê-lo, se puder lhe fazer companhia. Jules foi para o ferreiro, e eu tenho que lavar a roupa com a mamãe.

– Eh... acha mesmo?

– Está com medo de pegar a doença de Albert? Eu durmo com ele e não peguei nada.

– É que... não quero ficar doente e ter que faltar à escola.

– Meu Deus do céu, como você é irritante! Só pensa em você, na escola e nesse maldito certificado! Vá embora, já que não está realmente disposto a nos ajudar!

As maçãs de seu rosto ficam vermelhas, e suas pupilas brilham de raiva. Olham-se por um instante, e Hadrien logo entende o que deve fazer. Só lhe resta ceder, se não quer que ela fique de mal com ele.

– É claro que quero ajudar! Quero realmente ajudar vocês!

– Então pegue esse pacote e esse feixe, entre e fique um pouco com Albert – responde Simone, ainda com raiva, mas já mais tranquila. – Sua tia passou aqui, mas disse que não pode fazer nada; ele está tão mal que não pode ficar sozinho, então cuide dele.

Simone o pega pelo braço, o arrasta para dentro e o faz sentar num banquinho ao lado do menino, que treme de febre. Coloca um pano úmido em sua mão, pega bruscamente uma grande cesta de roupa e sai.

– Vo... você... d-deixou ela... de mau humor – constata Albert com um fiozinho de voz gaguejante.

Sorrindo constrangido, Hadrien passa o pano úmido na testa do menino. Não vai discutir seus assuntos do coração com ele! Albert se vira para a parede e o deixa entregue a seu embaraço. O olhar de Hadrien percorre o pequeno cômodo cheio de coisas empilhadas: duas camas grandes, uma mesa sebosa, alguns bancos meio bambos e um armário velho constituem a mobília. Várias estantes sustentam os objetos do cotidiano; não há nenhuma decoração. A mãe de Hadrien decorou a casa deles com algumas aquarelas que ela própria pintou quando moça e até com um quadro que representa um canal e seu caminho de sirgagem, onde um cavalo solitário espera talvez o momento de puxar outra barca.

Hadrien diz a si mesmo que um desenho do primo causaria um belo efeito ali. Tomado por uma inspiração súbita, tira do bornal a última carta de Adrien e dá a Albert a magnífica paisagem colorida.

– Puxa... q-que... que bonito! Fo... foi você que d-desenhou?

– Não, foi o Adrien, meu primo da cidade. Ele desenha muito bem.

Albert não se cansa de contemplar as árvores enormes, os pequenos animais cheios de vida. Passa a mão no papel, sorrindo, os olhos brilhando de prazer. Hadrien quer contar isso para Adrien o quanto antes, talvez este se anime um pouco ao saber que devolveu o sorriso a um menininho doente. Tirando papel e lápis do bornal, instala-se à mesa e retoma a carta apenas começada.

    Caro Adrien,
    Eu também estou contente por nos escrevermos... e olha que, no começo, achei que seria uma chatice. Quero, sim, ser seu amigo. Aliás, acho que já somos, não?
    Não sei o que é e-mail e confesso que acho você muito grosseiro com sua mãe, mas entendo o que quer dizer; tenho a impressão de que os adultos esquecem completamente o que é ter 13 anos, como se, ao crescer, perdessem a memória do que foram quando crianças.
    No entanto, sua mãe tem razão em querer que você vá bem na escola. Aliás, sabia que foi por ser um bom aluno que consegui conquistar Simone? Recitando poemas para ela e lhe escrevendo textos de amor. Não se deixe derrubar pela tristeza. Você desenha tão bem, não poderia fazer um desenho para ela? A paisagem que me mandou é magnífica, gostaria de pendurar na parede do meu quarto, mas acabei

dando-a ao irmãozinho da Simone — espero que não fique chateado. Ele está muito doente, tem que ficar de cama, e adorou a floresta imaginária, o sorriso até voltou a seu rosto. Se não for incômodo, gostaria de pedir que fizesse outro para mim.

Já quanto ao trabalho para a escola, as coisas não deram muito certo: passei a tarde com Lucien, o filho do médico. Você não consegue imaginar o quanto ele é pedante! Não parou de falar da bicicleta dele, dos freios da bicicleta dele, do banco da bicicleta dele, dos pneus da bicicleta dele... Não suporto trabalhar com ele! A única vantagem é que teremos um bom trabalho para apresentar. Mas quase enfiei um murro na cara dele quando me chamou de caipira! No final, foi ele que se deu mal: seu pai o chamou de idiota.

Você, pelo menos, é alguém verdadeiramente gentil. E não se preocupe, não o culpo pelo seu conselho, você não tinha como saber que Lucien era tão chato! De qualquer jeito, também adoraria encontrar você pessoalmente. Isso me dá ainda mais vontade de ir até Laon. Você me apresenta para a sua Marion?

Seu primo e amigo,
Hadrien

Capítulo 11

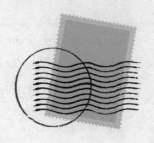

1º de março de 2014

É isso, é exatamente isso! É como se os adultos tivessem esquecido o que é ter 13 anos! Hadrien sabe mesmo encontrar as palavras, finalmente alguém que o compreende! Adrien, finalmente, tem um amigo, e isso lhe faz muito bem. Lê e relê a carta com paixão. Em sua cadeira com rodinhas, fica dando giros no vazio.

Se não fossem as cartas do primo, não sabe o que teria feito. Talvez tivesse fugido de casa... Ou se jogado pela janela...

"Ele adorou a floresta imaginária, o sorriso até voltou a seu rosto."

Adrien nunca teria pensado que isso fosse possível: ele, devolver o sorriso a alguém? Achava que era a última pessoa capaz de fazer isso. Decide ligar para o primo, tira o telefone do bolso... e dá um tapa na própria testa: que idiota, ainda não tem o número dele! Pediu numa de suas cartas, mas Hadrien deve ter esquecido. Nem sequer tem seu e-mail! Não dá pra acreditar. Na próxima carta vai pedir de novo.

Então refaz o desenho para Hadrien, ainda maior, ainda mais bonito, refugiando-se em seu mundo interior, no qual a beleza não desapareceu, no qual ela ainda brilha, cheia de vida.

Quando seu olhar pousa na cama e encontra os dois pacotes de presente, sente um meio sorriso se formar em seu rosto. Hoje é o aniversário de Éloïse. Comprou para ela um enorme tigre de pelúcia branco – que lhe custou uma boa parte de suas economias – e também quatro caixinhas de massa de modelar, que estavam em promoção.

Está muito preocupado com a irmãzinha, que não para de piorar. Na verdade, ela está tão mal que em certo momento quase acreditou que fosse morrer. Mas o médico riu na cara dele quando lhe disse isso.

"Não se preocupe, ela está com uma escarlatina muito forte. É uma doença séria, mas, com uma boa dose de antibióticos, não corre nenhum risco. Sua irmãzinha estará recuperada daqui a uma ou duas semanas."

Enquanto isso, ela está com as bochechas e os braços inchados e, durante a noite, ouve-a gemer por causa da febre. Às vezes, sofre tanto com o sofrimento dela que se levanta para lhe levar um copo d'água ou lhe passar uma luva úmida na testa.

Olha para o relógio: vai se atrasar para a festa de aniversário de Sarah. Pega a carta do primo, dobra-a e guarda no bolso. É tolice, mas isso o tranquiliza, é como se assim estivesse menos solitário. Sente-se desconfortável com os colegas, que continuam a frequentar a escola e aprender as lições, enquanto ele não quer mais saber de nada disso. Entrou numa espiral infernal e é como se estivesse separado de todos os outros alunos.

Além disso, Sarah convidou um monte de gente de outras turmas; Marion provavelmente vai estar lá, e ele não sente nenhuma vontade de falar com ela.

Atravessa o corredor sem fazer barulho para não acordar Éloïse, desce a escada e encontra a mãe. Ela sorri e arruma o cabelo dele com a mão.

– Está indo? Está muito bonito – diz em voz baixa.

Sabe que ela está mentindo: ele está com olheiras, uma espinha no pescoço e uma cara de cachorro que apanhou.

– Obrigado, mamãe. Você também.

Também é mentira, dá para ver que ela não dormiu à noite, preocupada com Éloïse. Sente vontade de abraçá-la e tranquilizá-la, como seu pai teria feito se estivesse ali.

– Não fume, não use drogas e não arrase o coração das meninas, ok? Tenho certeza de que todas vão ficar caidinhas.

– Mãe...

Por que ela sempre tem que estragar tudo?

Sarah não mora muito longe. Adrien se vê na vitrine da padaria ao passar. Está vestindo um moletom com capuz, como todo mundo: quanto às roupas, tudo bem, ninguém vai rir dele.

Na frente da casa de Sarah, já ouve um pouco de música, e, quando toca a campainha, é a mãe dela que abre. Também é ruiva, e tão simpática quanto a filha.

– Boa tarde! – diz com um sorriso, e se vira para chamar a filha: – Sarah, é o seu amigo Adrien!

Fica comovido por ela saber seu nome e, sobretudo, porque o chama de "seu amigo". Quando Sarah chega, Adrien já se sente menos tenso.

— Oi! Tudo bem? Vem comigo, vou te mostrar. Fui eu que preparei tudo. Está atrasado! Pensei que não fosse mais vir, quase todo mundo já chegou.

Sarah não para de falar. Está ansiosa com sua festa, e isso se manifesta em uma torrente de palavras e uma gentileza ainda maior.

— Que legais os seus tênis novos! E agora, tchã-tchã-tchã! Essa é a minha casa! Eu sei, ainda tá cheia de caixas, a gente acabou de se mudar. Esse é o Rufus, nosso cachorro; é meio bobo, mas é superquerido. — Rufus, um pequeno fox-terrier engraçadinho, late pedindo carinho. — Aposto que você gosta de animais, dá pra perceber na hora. Vai ver, a garagem é supergrande e a gente pode ir para o jardim, se quiser...

— Posso ajudar em alguma coisa? — ele pergunta, interrompendo-a.

Ela olha para ele, surpresa.

— Puxa, você é a primeira pessoa que pergunta isso!

Ele se aproxima do ouvido dela e sussurra:

— Não se preocupe, vai dar tudo certo. Vai ser uma superfesta de aniversário, e todo mundo vai adorar.

Ela fica paralisada, se apoia na parede e respira fundo. Parece a ponto de chorar.

— Ei, desculpa, não queria ser inconveniente...

— Não é isso — ela diz, apertando o braço dele. — É só que... estou tááááo nervosa, Adrien! E se não gostarem da música? E dos meus pais? E da casa?

— É normal que fique nervosa. Você é nova aqui, acabou de chegar, é sua primeira festa com a gente. Mas todo mundo já gosta de você. Vai ver só, tudo vai dar certo.

Ela concorda com a cabeça. Depois, é sua vez de sussurrar no ouvido dele:

– Você é gentil. É como se tivesse antenas e captasse o que as pessoas pensam.

Assim que chegam à garagem, ela recupera sua expressão alegre e o deixa cumprimentar todo mundo. É mesmo enorme ali, parece um hangar. Sarah pôs tapetes em toda parte, decorou tudo e instalou uma mesa sobre cavaletes com sucos, refrigerantes e salgadinhos. Tem um monte de gente, alguns dançando, outros conversando – e outros já se beijando pelos cantos.

Adrien percebe uma porta aberta para o jardim. O sol está brilhando, e sente vontade de tomar um ar. Mas se arrepende de sua decisão assim que põe o pé para fora: Marion está ali com duas amigas, a dez passos dele.

Seus olhares se cruzam. Algo de duro, escuro e triste se passa entre eles. Então ela desvia os olhos, e é como se o sol tivesse se apagado.

Cada palavra da briga ainda ressoa em sua cabeça. Que imbecil! Por que foi falar daquele jeito? Agora não há mais nada a fazer, nada a esperar, sua vida já era...

– Adrien?

– Hein? O quê?

É Sarah que o pega de surpresa.

– Queria saber se recebeu mais cartas do seu primo. Sabe, pesquisei sobre aquele selo, e é realmente estranho.

Pensar em outra coisa lhe faz bem. Ele concorda com a cabeça e tira a última carta do bolso.

– Olhe! É o mesmo selo de 10 centavos com a antiga Marianne!* – exclama Sarah, examinando-o atentamente.

– E nada do carimbo do correio.

---

* Marianne: figura de mulher, com diferentes representações ao longo do tempo, que encarna a República francesa com seus valores de

Mas, de repente, alguém arranca a carta de sua mão. Adrien e Sarah levantam a cabeça e se deparam com o olhar furioso de Marion.

– O que é isso, cartas de amor? Certo, entendi! – E, virando-se para Sarah: – Foi você que pôs o Adrien contra mim!

O rosto de Sarah se decompõe. Volta a respirar fundo, tira do bolso uma bombinha contra asma e lança três jatos na boca. Adrien pega Marion pela mão e se afasta com ela.

– Você não entendeu nada – diz baixinho. – É uma carta do meu primo.

Marion dá uma olhada no envelope.

– Seu primo? Conta outra! Esse selo tem pelo menos cem anos!

– Eu sei que é estranho. Mas juro que a Sarah não tem nada a ver com isso. É a menina mais gentil da sala, nunca falaria mal de você nem de ninguém.

Adrien sempre teve talento para defender os outros, muito mais do que para defender a si mesmo.

– Mas então por que você me disse todas aquelas coisas na sua casa? Por que me expulsou do seu quarto?

– Eu... eu sinto muito por ter falado daquele jeito. Estava com raiva, lamento de verdade.

Pronto. Disse. Era tão simples, tão fácil. Mas agora tem medo, pois não sabe se ela vai perdoá-lo ou não. Por isso, recua um passo e evita seu olhar. No mesmo instante, o telefone vibra em seu bolso. É uma mensagem da mãe.

> Seu pai está no Skype. Pode dar um pulo em casa agora? Depois você volta pra festa.

---

liberdade, igualdade e fraternidade. (N.E.)

— É o meu pai — diz ele então. — Preciso ir.

Seu pai liga três ou quatro vezes por ano, não pode perder a oportunidade de falar com ele.

— Adrien!

Vira-se. Marion está mordendo o próprio lábio, com a carta na mão.

— Eu...

Tenta dizer a ele alguma coisa importante. Ele vê isso pela maneira como sua testa está franzida, pelas lágrimas que começam a brotar no canto dos olhos. Mas ela abaixa a cabeça e diz apenas:

— Coragem com seu pai.

∾

— Rápido, querido! — diz sua mãe, abrindo a porta. — Essa semana ele está na China, e lá já é bem mais tarde.

O notebook está em cima da mesa da sala.

Adrien se senta no sofá. Primeiro, vê apenas uma tapeçaria vermelha na tela, depois seu pai aparece, conversando em outra língua com uma moça.

— *Ah! Você está aí, Adrien* — ele diz quando percebe o filho na tela.

— Oi, pai.

— *Não tenho muito tempo, mas queria dizer um oi para você e sua irmã.*

— Não podemos incomodar a Éloïse, ela está com escarlatina.

— *Sim, sua mãe me disse. É pena, porque não sei quando vou poder ligar de novo.*

— Ligou por causa do aniversário dela?

— *O quê? Nããão! Não me diga que hoje já é...* — Consulta

a data em seu grande relógio de metal. – *Caramba, você tem razão! Tinha esquecido completamente. Essa defasagem horária me deixa tão confuso!*

– O quê? Quer dizer que não enviou um presente? Nem mesmo um cartão?

– *Eu esqueci, é o que estou dizendo. Se acha que é simples... Estou do outro lado do mundo.*

– Justamente, é esse o problema!

E, de raiva, Adrien fecha a tela do computador.

O pai já tinha esquecido seu aniversário no ano passado, mas não consegue perdoá-lo por esquecer o de Éloïse.

– Lembre de fechar a tela quando terminar, querido – diz a mãe da cozinha.

Isso ele já fez...

– Adrien! – diz uma vozinha do alto da escada.

– Éloïse?

Sobe a escada correndo e a encontra sentada, de pijama. Suas bochechas estão vermelhas e seus olhos brilham de febre.

– Você não pode apanhar frio, tem que voltar pra cama!

– Era o papai no Skype?

– Sim, era ele. Ligou por... por causa do seu aniversário – ele mente.

Éloïse sorri com uma expressão de verdadeira felicidade.

– Pensei que ele tivesse esquecido.

– Que nada! Até parece!

– Você viu a caixa de correio hoje? – pergunta ela, cheia de esperança. – Ele mandou alguma coisa pra mim? Um pacote? Um presente?

– Eh... claro que sim.

– O quê? O quê?

Adrien procura desesperadamente uma ideia, alguma coisa, qualquer coisa. E de repente ela surge. Claro! Devia ter pensado nisso antes...

– Espere aí que eu vou buscar – dá uma piscadinha e sai.

Vai até seu quarto e traz os presentes que tinha comprado. Os olhos de Éloïse brilham de prazer quando rasga a embalagem do maior.

– Um tigre branco! – ela grita numa explosão de alegria. – Adoro tigres! Ele nunca me deu um presente tão bonito!

– Diretamente enviado da China. Você sabe, é o país dos tigres brancos.

– E você? – ela pergunta com uma expressão marota. – Também tem um presente pra mim?

Adrien lhe dá o segundo pacote, e ela abre fazendo uma pequena careta.

– Massinha de modelar? Eu já não sou mais bebê! – Ela suspira e balança a cabeça. – Mas foi gentil de sua parte.

Caro Hadrien... ele começa sua nova carta.

Faz mais um desenho e conta tudo: Marion, Sarah, Éloïse... e, sobretudo, seu pai, que nunca está lá.

Sei que seu pai não quer deixar você ir para o pequeno liceu em Laon e que ele fica irritado com facilidade, mas o meu é ainda pior: está na China e, desde o divórcio, esqueceu completamente da gente.

Capítulo 12

11 de março de 1914

Caro Adrien,
 Ainda não recebi sua carta, mas preciso lhe escrever e lhe contar o que aconteceu ontem para que você me ajude, se puder. Lembra do irmão da Simone de que lhe falei? Não o meu amigo Jules, mas Albert, o mais novo, que está doente. Pois então, seu estado piorou muito desde a semana passada: ele não para de tossir, está sempre com febre, e ontem o médico falou de uma pneumonia. Estou muito preocupado, os remédios não fazem nenhum efeito, temo que ele morra... Faz cinco dias que estou ajudando Simone e sua mãe a cuidar dele, enquanto Jules trabalha no ferreiro, que lhe dá um pouco de dinheiro. Assim eles podem pagar o médico, que já foi lá duas vezes. Ele largou a escola. Pensei que, talvez, vocês na cidade tenham remédios mais eficazes... E, como vocês têm mais dinheiro que a gente,

talvez sua família pudesse comprá-los e enviá-los para nós... Peço isso a você como a um irmão. Espero que não seja pedir demais, e agradeço do fundo do coração se puder nos ajudar. O seu desenho já fez tanto bem a ele!

Hadrien

Depois de pôr a carta num envelope, Hadrien pede um selo à mãe com uma expressão grave, que a deixa preocupada.

– O que foi?

– Escrevi a Adrien pedindo ajuda. Talvez ele possa nos mandar remédios da cidade.

– Boa ideia...

– Que ideia? – troveja o pai, sentado diante do fogo, ocupado em afiar uma grande faca. Algumas faíscas saltam da lâmina.

– Ele pediu ajuda à nossa família para salvar Albert – responde a mãe com certa rispidez.

– Sua família não tem nada a ver com isso! Eles não são daqui, esses ricaços nascidos em berço de ouro. Não vão entender nada, aposto!

– E daí? – exclama a mãe, irritada. – Eu também venho da cidade. Eu também sou uma dessas "ricaças" como você diz!

– Não é a mesma coisa, você agora já é daqui – resmunga o pai meio sem jeito.

A mãe de Hadrien pega a faca das mãos do marido e começa a cortar batatas energicamente. "Schlack, schlack", faz a faca sobre a tábua. O pai sai dali de mansinho, não sem olhar feio para o filho, como se ele fosse o culpado pela briga. Hadrien espera um pouco e logo sai para postar a carta antes do meio-dia. É quinta-feira, ele não tem aula, e, como acordou às cinco horas, já realizou suas tarefas: limpar o galinheiro e rachar lenha. Queria agradar ao pai, para depois lhe falar sobre a continuação de seus estudos. Desde que está ajudando a família de Simone, o clima melhorou em sua própria casa. Mas essa briga acaba de estragar tudo...

∽

Põe o envelope na caixa de correio amarela e vai para a casa da Simone.

– Melhoras? – pergunta cheio de esperança ao abrir a porta.

– Nenhuma – suspira Simone. – Ele não para de gemer, e a febre não baixa, apesar de todos os chás.

Lágrimas brotam de seus olhos negros rodeados de olheiras. Hadrien a toma em seus braços, não como sempre fez, com segurança fingida, mas num impulso que vem direto do coração. Ela desmorona, e ele sente como está frágil, perdida. A vida já é bem difícil para sua família desde a morte do pai. Hadrien espera que a desgraça não bata duas vezes na mesma porta! Beija-a delicadamente: seus lábios estão quentes, quentes demais.

– Você também está com febre! Precisa descansar! – exclama, preocupado.

– Vou deitar ao lado de Albert. Prometi que, se acordasse, eu leria uma história para ele.

– Quer que eu fique com você?

– Não, prefiro que vá até a escola e peça ao professor o livro de imagens de Albert. Ele vai gostar de olhá-las.

– Combinado, vou lá e já volto.

– Hadrien... – diz Simone, hesitando. – Obrigada por tudo o que está fazendo por nós. Espero que não esteja perdendo tempo demais...

– Não, que é isso...

– Mas e o exame final?

– Ainda estamos em fevereiro: vou ter bastante tempo, e meu pai está me dando menos trabalho porque estou ajudando vocês.

– Talvez seja o momento oportuno para falar com ele sobre o pequeno liceu.

– Sim, estou pensando em falar com ele! Mas não se preocupe com isso, eu já volto com o livro.

– E não se esqueça de agradecer ao seu primo pelo desenho. Albert adora ficar olhando para ele!

– Acabei de agradecer na minha última carta!

– Fico feliz que você tenha esse amigo.

∽

Hadrien corre até a escola e sobe a escada pulando os degraus, torcendo para que o professor não tenha saído para passear. Ele costuma andar pelo campo em busca de ninhos, pelotas de coruja, flores selvagens e outras curiosidades que depois eles estudam em ciências naturais. Mas está com sorte: o professor está ali, em sua escrivaninha, lendo na sala vazia.

– Hadrien! Que bela surpresa! Tem notícias do Albert?

– Estou vindo de lá, nenhuma melhora...

– Puxa... Vai voltar lá? Eu colhi um pouco de sálvia no bosque pra fazer chá pra ele.

– Obrigado! – entusiasma-se Hadrien, feliz com a solidariedade que percebe em cada membro da comunidade.

– Vim aqui justamente para buscar o livro de imagens dele. Também escrevi ao meu primo de Laon pedindo que nos envie remédios da cidade.

– Por falar em Laon, devo ir pra lá daqui a duas semanas. Gostaria de ir junto? Talvez possa encontrá-lo.

– Claro, eu adoraria!

– Ótimo, também estou curioso pra ver essa rua Jean-Jaurès... E gostaria de perguntar a ele onde arranja esses selos extravagantes.

– Trouxe mais um – diz Hadrien, tirando a última carta do bolso.

– Posso ler? Tenho algumas curiosidades em relação a seu primo...

– Não! – Hadrien quase grita. Depois acrescenta, com mais calma: – É que ele me fala de assuntos pessoais.

– Não confia em mim? – pergunta o professor, surpreso com aquela reação.

– É que... ele me fala de coisas que provavelmente não gostaria que eu revelasse a outras pessoas.

– Ah, certo, entendi... Quer dizer que se tornaram íntimos?

– Sim, acho que sim. Nós nos entendemos bem. Ele não gosta da escola e, às vezes, fala de um jeito estranho... mas gosto dele. É como um amigo. Posso lhe contar coisas que não conto a mais ninguém. Ele é realmente gentil. Gostaria mesmo de conhecê-lo... quer dizer... revê-lo.

Um pouco constrangido com essa conversa inabitual, Hadrien tamborila sobre o tinteiro do professor e logo fica com as pontas dos dedos manchadas de roxo. Nota o título do livro que o professor está lendo: *A máquina do tempo*.

– O senhor me emprestaria esse livro quando terminar de ler, por favor?

— Sim, claro! É do H. G. Wells, um autor inglês de que gosto muito — explica o professor. — Nesse livro, ele imagina um cientista que fabrica uma máquina para viajar até o futuro. É uma ideia espantosa, não acha? Pensar que alguém possa encontrar pessoas de uma outra época.

— Seria incrível, se fosse possível!

— Mas não vai ajudá-lo em nada para o certificado: os inspetores não consideram isso literatura séria. Aliás, já leu as peças de Molière?

— Sim, estou terminando *O avarento*.

— E já falou com seu pai sobre o pequeno liceu?

Hadrien abaixa a cabeça. Faz mais de um mês que está para fazer isso, uma hora dessas vai ter que encarar.

— Posso pegar o livro de imagens do Albert? — pergunta, dirigindo-se à carteira do menino.

O professor não insiste no assunto do seu pai. Hadrien adora isto nele: é capaz de compreender as coisas com meia palavra, não é preciso explicar três vezes. Nesse momento, percebe que Adrien também o compreende dessa maneira, o que o faz sorrir.

— Até amanhã, professor!

O sino da igreja está batendo meio-dia quando chega à casa de Simone.

— Vou correndo para casa — diz, estendendo o livro de imagens —, meu pai vai me dar uma bronca se me atrasar para o almoço.

Ela pede apenas um beijo para deixá-lo ir, e ele volta para casa. Quando chega na cozinha, todos já estão sentados à mesa, e seu pai olha feio para ele.

– Onde você estava?

– Na casa da Simone.

– Hum – resmunga o pai. Mas acrescenta, já em tom mais suave: – Tente não se atrasar mesmo assim.

O silêncio reina durante a refeição, cada um mergulhado em seus pensamentos. Hadrien supõe que a mãe ainda esteja zangada com o pai. Quando escutam alguém batendo à porta, a pequena Marthe vai correndo abrir para o carteiro, enquanto o pai resmunga entre os dentes:

– Maldito seja, será que não podia nos deixar comer em paz?

– Vejam – diz Marthe –, mais uma carta para o Hadrien.

– Nosso primo já respondeu? – admira-se Lucienne. – Mas você escreveu para ele hoje de manhã!

– Claro que não, abobada. Acha que a gente tem uma máquina de acelerar o tempo? Só pode ser uma carta que ele escreveu antes.

– Abobado é você! – retruca Lucienne, vexada. – Mãe, será que eu posso me corresponder com minha prima também?

– Era só o que faltava! – intervém o pai. – Minha filha mais velha também começar com essas imbecilidades!

– Mas não é justo – geme Lucienne. – O Hadrien tem tudo o que quer... Como se já não bastasse ele ir para o pequeno liceu na cidade.

– O quê?! Que história é essa?! – troveja o pai.

Hadrien olha aterrorizado para ele e fuzila Lucienne com o olhar: a peste o colocou na fogueira. Não vai conseguir escapar, e aquele não é de modo algum um bom momento! A menos que...

– O professor me convidou pra acompanhá-lo a Laon daqui a duas semanas, na quinta-feira.

– Para fazer o quê?

– Ele vai visitar o pequeno liceu, mas eu gostaria de aproveitar pra encontrar meu primo Adrien e ver meu avô.

– Boa ideia! – exclama a mãe. – Isso seria ótimo.

– Tem trabalho para fazer na fazenda – retruca o pai.

– É só você faltar na escola sexta, Hadrien, para ajudar seu pai – replica a mãe, decidida a conseguir essa viagem para o filho e a encarar seu marido.

O pai resmunga, engole o resto do almoço e sai da cozinha fazendo barulho, zangado, enquanto Hadrien exulta. Faz uma careta para a despeitada Lucienne, mas a mãe lhe dá um tapa no braço.

– Agora se explique!

– O que...

– Hadrien! Todos aqui sabem que Lucienne não estava se referindo a esse passeio na cidade. Você pretende ir estudar no pequeno liceu, é isso?

– Sim...

– Já falamos sobre isso, e seu pai não está de acordo.

– Mas, mãe! Quanto ao dinheiro, o professor disse que, com o certificado, posso conseguir uma bolsa!

– Não é uma questão de dinheiro: seu avô já se ofereceu para alojar você e financiar seus estudos.

– Não sabia que você já tinha falado com ele. Mas então, qual é o problema?

– É que... você é nosso filho mais velho, nosso único filho homem: se for embora, quem vai cuidar da fazenda?

– Não sei...

– Seu pai conta com você para continuar o trabalho dele, acredita que você devia se orgulhar de seguir seus passos e administrar suas terras.

– Elas nem sequer são dele, são só arrendadas! Pertencem à sua família.

– Sabe muito bem que elas serão suas quando atingir a maioridade. Meu pai quer que você seja o herdeiro delas. Serão suas e de mais ninguém, e seu pai sonha em te ver proprietário, pois ele trabalhou as terras de outro a vida inteira.

– Por que o vovô não deu as terras para você? É filha dele!

– Eles brigaram por minha causa: antes do casamento, meu pai disse que se eu me casasse com um camponês analfabeto ele me deserdaria. Na verdade, ele se desculpou depois e até me conduziu ao altar, mas para o seu pai essa ferida nunca cicatrizou, e ele nunca quis aceitar nada do meu pai. Só para ele aceitar a assinatura da revista que seu avô lhe deu foram horas de negociação! Então, o pequeno liceu... melhor nem pensar. Em vez disso, vá cortar lenha nas terras do Seu Jolan, ele nos ofereceu meio metro cúbico de madeira em troca do uso do nosso arado.

Sua mãe o empurra para fora, e Hadrien mal tem tempo de enfiar a carta do primo no bolso. Vai ler no bosque, com calma.

Quando volta, acabado, das terras de Seu Jolan, tem lascas de madeira até nos cabelos e as mãos cheias de bolhas. Tira uma grande farpa do polegar antes de responder ao primo.

Sua carta o deixou perturbado, não parou de revirar as palavras de Adrien na cabeça. Comovido pela tristeza do amigo, sente vontade de tranquilizá-lo, de consolá-lo, pois seu sofrimento parece imenso, palpável através das palavras. Também mexeu muito com ele que Adrien tenha refeito seu desenho tão rapidamente e de maneira tão bela.

Logo o prende na parede, acima da cama, como fez para Albert. Mas não compreende o que ele diz sobre o pai. Na China? Um país tão longínquo? Como foi pra lá? De barco? É muito estranho que sua mãe não saiba disso. Afinal, o pai de Adrien é irmão dela!

O mais esquisito é essa história de divórcio... Uma verdadeira loucura. O pároco deve tê-los excomungado! Já pensou, que escândalo?! Talvez seja por isso que sua mãe não tocou no assunto.

Quando finalmente consegue tirar a farpa do polegar usando a ponta afiada de uma faca, chupa o dedo para estancar o sangue revirando todos estes mistérios na cabeça: os selos, o nome da rua, as palavras estranhas, o divórcio... e essa viagem à China. É mesmo um bocado de coisas estranhas. Está realmente ansioso para encontrar Adrien e esclarecer todos esses mistérios.

Caro Adrien,

Escrevo-lhe pela segunda vez hoje; terá, portanto, duas cartas minhas, mas não posso esperar para responder, fiquei muito triste com o que você me contou. Não entendo o que seu pai está fazendo na China, por que não cuida da Éloïse e de você e os deixa sozinhos com a mãe de vocês. Também fico triste em saber que sua irmã está doente. A escarlatina é uma doença perigosa, espero que ela se recupere logo; minha irmã Lucienne teve essa doença quando era pequena e quase morreu. São muitos problemas de uma só vez, e imagino que suas dificuldades com a Marion devam estar parecendo insuperáveis.

Porém, pelo que você contou, ficou evidente para mim que ela tem ciúmes – o que significa que se interessa por você! Talvez ela não tenha compreendido que você podia ser mais que um amigo para ela. Você devia conversar com a Sarah, aposto que ela saberá aconselhá-lo. Disse que a Marion está namorando um rapaz mais velho. Talvez ela ache você muito jovem. Mostre a ela que é alguém gentil e responsável, ela vai gostar. As meninas inteligentes preferem os rapazes com que podem contar.

Termino minha carta com uma grande notícia: irei a Laon daqui a duas semanas! Poderei entregar minha próxima carta em mãos!

Estou ansioso para finalmente encontrar você.

Seu amigo, Hadrien

Capítulo 13

28 de março de 2014

Hadrien,
Não entendi nada da sua carta, mas fiquei realmente preocupado. O irmãozinho da Simone está doente e vocês não têm remédios?! Quer dizer que a família dela não está inscrita na Sécurité Sociale?* São sem-documentos, é isso? Devia ter me dito antes! Gostaria de ajudar vocês, juro que o faria se pudesse, mas nem ao menos sei do que o menino precisa! Não tem uma farmácia em Corbeny? Você não consegue convencer o farmacêutico a vender alguns remédios clandestinamente, para um menino sem documentos?

Escute, francamente, não faz sentido a gente continuar escrevendo essas cartas à moda antiga. No começo achei divertido, mas agora a coisa está ficando séria. Qual é o seu número

---

* O sistema de saúde na França é de alta qualidade. *A Sécurité Sociale* (Segurança Social) tem a função de dar assistência a todos os cidadãos franceses no que se refere a doença, acidente, família e velhice. Isso significa que todos devem ter acesso aos hospitais, médicos e também aos medicamentos (na maioria dos casos, gratuitos ou de baixo custo). (N.E.)

de telefone? Você tem um e-mail para o qual eu possa escrever? Seria muito mais prático.

Se você der uma pesquisada na internet sobre "pneumonia", vai ver que é preciso ter muito cuidado com essa doença, há grandes riscos quando não é tratada a tempo. De qualquer jeito, se a febre aumentar muito, não hesite: chame o SAMU ou leve o menino até uma emergência. Eles serão obrigados a cuidar dele, mesmo sem documentos.

Afinal, estamos ou não no século XXI?

Desculpe, acho que me empolguei. Talvez não tenha compreendido direito sua carta e esteja dizendo besteira. Você também deve me achar estranho, mas...

Adrien solta a caneta. Pensou ter ouvido a irmã chamando do quarto ao lado. Levanta-se de um salto, vai até o corredor e escuta em silêncio. Não, ele se enganou, ela devia estar tendo um pesadelo.

Volta à escrivaninha e olha desconsolado para o celular. Seria tão simples enviar uma mensagem! Por que ainda não trocaram seus números de telefone?

...mas minha irmãzinha também está doente, e estou preocupado com ela. Não gosto nem de imaginar como ela estaria se não fossem os antibióticos que o médico prescreveu! Por isso fico muito tocado também com a história do irmãozinho da Simone.

Um grande abraço,

A.

Assim que termina de escrever, sente remorso, lembra que Hadrien lhe falou dos problemas de dinheiro de sua família. Então tira do cofrinho sua única nota de 20 euros – quase tudo o que lhe sobrou depois de comprar o tigre para Éloïse –, dobra-a em quatro e coloca dentro do envelope. Não é muito, mas talvez ajude um pouco.

Desce a escada, sai de casa e vai até a caixa de correio azul bem ali na frente. Mas assim que enfia o envelope, uma nova ideia vem à sua mente.

E se matasse aula hoje? Se pegasse sua bicicleta e fosse até Corbeny? Afinal, está ansioso para ver Hadrien e falar com ele pessoalmente, não pode mais esperar. O mais engraçado é que vai chegar antes de sua carta!

Realmente, essa história de cartas é uma tolice. Por que Hadrien esqueceu de lhe dar seu número de telefone? Que cabeça de vento!

Da rua, envia uma mensagem para Sarah:

> Vou matar aula hoje à tarde. Finalmente vou ver meu primo, aquele que me escreve cartas. Beijos.

Ela responde na mesma hora:

> Você tá maluco! Vai arranjar problemas! Mas vê se tira uma foto dele! Quero ver se é bonitinho.

Com um sorriso, ele responde:

> Ei, será que preciso lembrar que você está saindo com o Tom?

Entra em casa e, em vez da mochila da escola, pega uma outra, menor, coloca uma garrafa de água, um mapa rodoviário e uma barra de chocolate. Vai até a garagem e tira a bicicleta. São duas horas pedalando até Corbeny, no frio e, talvez, na chuva, mas não pode mais esperar.

Pela primeira vez em semanas não pensa mais nem em Marion nem em seus problemas na escola: tudo o que importa é a pneumonia de Albert, o irmãozinho de Simone. Acha que Hadrien não está levando as coisas suficientemente a sério.

Seu telefone vibra no momento em que está descendo a ladeira a toda velocidade. Pega-o no bolso e vê a resposta de Sarah.

> E daí? Seu primo é o primeiro da sala, não é? Ainda vai ser um bom partido, já que mais tarde ficará rico! ☺

Essa danada da Sarah tem o dom de fazê-lo rir. Com ela, sente-se um pouco menos imprestável. Dando ouvidos a ela, chega a se arrepender de ter deixado de ligar para a escola. Ele digita:

> E também devo lembrá-la de que ele está saindo com a Simone.

Essas últimas palavras quase lhe custam a vida: um carro é obrigado a frear com tudo para não o atropelar, já que, concentrado na mensagem, não tinha visto o sinal vermelho na avenida.

Continua como um louco em direção à autoestrada. Destino: Corbeny.

Sara responde:

> Isso não é justo. Além de tudo, aposto que ele é o maior gato.

A autoestrada não foi uma boa ideia: os carros correm a mil por hora e buzinam quando passam por ele. E o pior é que começou a chover. Ao final de dez minutos, está sem fôlego e encharcado, apesar do casaco impermeável. Faz uma pausa para se abrigar numa parada de ônibus e aproveita para responder:

> Por que tem tanta certeza de que ele é bonito?

O telefone vibra logo em seguida.

> Porque ele é seu primo, seu bobo!

De fato, fica olhando como um bobo para essas palavras na tela, saboreando cada migalha daquele instante. Não sabe o que ela quis dizer exatamente, nem por que disse. Será que está dando em cima dele? Espera que não, mas de qualquer jeito fica agradecido.

O fato é que essas palavras o fazem esquecer em parte as zombarias das amigas de Marion e levantam um pouco sua autoestima. De repente, cai a ficha! Sarah já deve ter ficado sabendo de toda a história dele com a Marion. Não está dando em cima dele, só tentando, como amiga, lhe dar mais confiança em si mesmo. E isso o comove profundamente. Sarah pergunta:

> Então, não vai dizer mais nada?

Adrien está prestes a digitar uma resposta quando chega uma nova mensagem.

> Fui pega! Até +

Putz, a professora de história e geografia deve ter visto Sarah com o celular na aula. Ela não perdoa... Vai confiscar o telefone por uma semana.

De novo seu moral cai. Em primeiro lugar porque se sente culpado. Em segundo porque se sente só. É como se a presença de Sarah ao seu lado tivesse desaparecido. A chuva se intensifica. Olha para trás em direção ao morro de Laon, para a elegante catedral, visível a quilômetros de distância. Depois se vira para o sul, onde seu primo o espera. Um sorriso se esboça em seu rosto: não, não vai dar para trás agora.

∽

Quando finalmente chega a Corbeny, encharcado até a alma, a chuva para e um tímido sol mostra a ponta do nariz. Assim que passa pela placa que anuncia a cidade, percebe que alguma coisa não se encaixa. Hadrien descreveu um vilarejo cheio de vida e de crianças, com sua própria escola e gente circulando pela rua. Em vez disso, o que Adrien vê é uma cidadezinha quase deserta, cheia de casas abandonadas.

Uma velha senhora passeia com seu cachorro pela calçada. Ele se aproxima timidamente dela e mostra o endereço de Hadrien num dos envelopes. A senhora sorri para ele.

– Os Lerac se mudaram, garoto, não moram mais aqui há anos.

– O quê? A senhora... tem certeza?

Seu telefone vibra de novo. Será que Sarah conseguiu recuperar seu celular? Mas logo se dá conta de que a mensagem não é dela, e sim de Marion! Seu coração dá um pulo.

> Adrien. Mostrei sua carta no correio. O selo data do início do século XX. Não são 10 centavos de euro, são 10 centavos de franco! É muito estranho, mas você deve ter recebido uma carta de cem anos atrás.

Adrien franze as sobrancelhas. Devia ter imaginado que Marion faria sua pequena investigação. Quando mete alguma coisa na cabeça, ela não é de desistir...

Nova mensagem:

> A funcionária diz que é muito raro, mas que pode acontecer de uma carta ser entregue com vários anos de atraso quando ocorre um problema ou um acidente.

A raiva toma conta dele. O que ela está dizendo? E por que está se metendo? O primo é *dele*! Essa história é *dele*!

> Isso não faz o menor sentido! Não pode ser uma carta extraviada! Já trocamos várias, e as que recebo são respostas às minhas!

Quase imediatamente, recebe uma terceira mensagem:

> É muito estranho que tenham sido várias, mas não impossível. Quanto ao conteúdo, você deve ter interpretado como respostas às suas cartas quando na verdade eram apenas velhas cartas perdidas.

Essa mensagem o deixa tão furioso que nem consegue mais digitar no telefone. O que ela está querendo dizer? Que ele pirou, é isso? Que inventou um amiguinho imaginário?

No fundo, recusa-se a admitir, mas o que Marion diz o deixa aterrorizado. Quem é Hadrien, afinal? Ele não se parece nem um pouco com o primo, de quem guarda uma vaga lembrança. Tenta rememorar tudo o que ele escreveu para ver se é possível que Marion esteja dizendo a verdade... Então, as cartas de Hadrien nunca teriam sido respostas às suas? Tudo não passaria de uma série de acasos, coincidências ou interpretações forçadas de sua parte? Será que realmente inventou um amigo?

Escreve Marion:

> Sinto muito, Adrien, mas você estava tão empolgado com essa correspondência... Fiquei preocupada com você e achei que devia lhe dizer.

Ora essa! Balança a cabeça, e seus dedos batem nas teclas como se quisessem machucá-las.

> Pode me dizer que tipo de "acidente" teria causado a perda de cinco cartas escritas durante várias semanas seguidas? Essa sua história é completamente absurda!

Espera uma nova vibração do telefone e começa a gritar com ele como se fosse a própria Marion:

– Não bastava sair com outro cara? Tinha também que destruir minha amizade com o Hadrien? Eu odeio você! Eu odeio você!

Tira do bolso as duas últimas cartas de Hadrien e tenta relê-las para compreender. As palavras se embaralham diante dos seus olhos embaçados de lágrimas.

Caro Adrien...

O nome dele é mesmo Adrien, não? Sim, mas isso não prova nada: existem milhares de Adriens!

...O desenho que me mandou é lindo...

Foi o desenho que *ele* fez, não? Ou está enganado? Ou é uma coincidência e essa carta foi escrita cem anos atrás para outra pessoa?

...Você me apresenta para a sua Marion?

A Marion *dele*.

Não, não está louco. Só pode existir no mundo um Adrien que mora na cidade de Laon, na rua Jean-Jaurès, que sabe desenhar e ama uma garota chamada Marion... E esse Adrien é ele. Não foi interpretação forçada, as cartas foram escritas para ele e ninguém mais; Hadrien existe de verdade em algum lugar, e a amizade deles também.

De repente, seus olhos pousam sobre o velho selo que tanto intrigou Sarah. Esse selo de 10 centavos de franco, nem sequer carimbado, essa Marianne de outras eras, com cores tão desbotadas. Então, compreende finalmente por que suas cartas chegam, embora seu primo não more mais ali, por que Hadrien nunca lhe deu seu e-mail, por que ele não compreende muitas de suas palavras, por que escreve de maneira tão estranha, por que o irmãozinho de Simone não tem acesso a antibióticos e mil outros "porquês" que se recusava a ver até ali.

Tudo se encaixa, a verdade resplandece cristalina. É tão incrível, tão impossível, tão louco... e ao mesmo tempo tão simples! Hadrien não é seu primo, é outra pessoa. Ele não vive em 2014, vive no *início do século XX*, em algum lugar do passado. Não existe outra explicação possível.

Então acontece o que esperava. Uma nova vibração do telefone, outra mensagem.

> Sim, posso te dizer que acidente causou a perda de centenas de milhares de cartas na França daquela época. Um dos acidentes mais graves da História, Adrien: a guerra de 14.

A... a guerra de 14? De *1914*?

Sua cabeça gira; encosta-se numa parede para não cair. Continua sem entender como pôde se corresponder com um rapaz que vive cem anos atrás. Não tem explicação para isso. Mas, agora, tem uma certeza: a vida de Hadrien está em perigo.

Capítulo 14

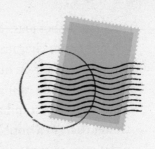

30 de março de 1914

Querido Adrien,
 Escrevo esta carta no pequeno liceu de Laon, onde espero começar a estudar em setembro, e tenho muitas coisas a lhe dizer. Primeiro peço desculpas por não ter respondido antes e lhe devolvo a estranha nota que encontrei em seu envelope. Deve ser algum engano, mas não se pode negar que é muito bonita. De que país ela vem? Você coleciona notas? Eu tenho uma coleção de borboletas: o professor me ensinou a apanhá-las e conservá-las. Todas as suas perguntas sobre os remédios também me deixaram bastante perplexo. Queria ter respondido logo, mas, infelizmente, os acontecimentos me impediram. Albert, o irmãozinho da Simone, está cada vez pior. A febre é permanente, cada vez mais alta, e ele tosse mais e mais. O médico disse que é uma pneumonia e que ele está

lutando para não morrer. Tenho passado o máximo de tempo possível com Simone, para ajudá-la e consolá-la. Para responder à sua pergunta, não sei o que é a "Securité Sociale", e não existe farmácia em nosso vilarejo. Compreendo que você não possa enviar remédios; vou pedir a meu avô que nos dê algum. Almoçaremos na casa dele, e ele adorou a ideia de conhecer meu professor.

 O estranho é que, ao ler sua carta, tive a impressão de que você não vive no mesmo mundo que eu. Já tinha ficado surpreso com seus selos, assim como você deve ter ficado com os meus. Também tive dificuldade de entender quando me disse que seu pai estava na China, ou quando falou em trocar nossos números de telefone. Ainda não existe telefone em Corbeny!

 Estava ansioso para esclarecer tudo isso com você hoje, mas você não está aqui. Não existe nenhum Adrien, e tampouco uma rua Jean-Jaurès! Imagine minha surpresa quando pedimos informações, meu professor e eu, e as pessoas riram na nossa cara! Tínhamos acabado de chegar de Corbeny no carro do correio, e eu estava louco para lhe contar sobre a viagem, pois nunca tive antes a oportunidade de andar num automóvel. O professor Julien conhece pessoas importantes, e foi o chefe do correio de Crécy em pessoa que nos levou até a cidade.

Antes mesmo de nos dirigirmos ao liceu, onde meu professor tinha um compromisso, perguntei onde ficava sua rua, para que pudéssemos passar na sua casa antes do almoço com meu avô. Uma senhora me disse que não conhecia, outra indicou a rua do Cloître-Saint-Jean e um senhor caiu na gargalhada dizendo que Jaurès nunca teria uma rua com seu nome, "já que é um safado que quer vender o país aos alemães!". Meu professor torceu o nariz ao ouvir isso, e resolvemos ir direto para o liceu.

Foi então que ele me falou das dúvidas que tinha a respeito da sua... como dizer? Da sua existência... Entenda: tenho certeza de que você existe, mas não sei onde você está. Ao que tudo indica, não em Laon. Ou então... Vai me achar maluco, talvez: pergunto-me se você vive mesmo em 1914... Li recentemente A máquina do tempo, sabe, a história de um homem que viaja de uma época para outra, e tive a impressão de que estávamos nesse romance! Será possível que você seja um garoto do futuro?

– Hadrien!
– Sim, professor?

— Temos que ir, já é quase meio-dia e minha reunião acabou. Conseguiu terminar sua carta?

— Não, mas quero fazer algumas perguntas ao meu avô antes de concluí-la.

Hadrien dobra a carta e a coloca no envelope que já preparou. Para escrever, tinha se instalado numa sala de aula do liceu de Laon, deserto naquela quinta-feira. É ali que estudará, se conseguir entrar no pequeno liceu. Bem maior que a salinha da escola comunal de Corbeny, o espaço é também mais organizado e dedicado a uma única disciplina, o latim. O professor de latim é amigo do professor Julien, e explicou a Hadrien que ele deverá fazer aulas extras de sua matéria porque a maior parte dos seus colegas da cidade já começou a estudar latim no sexto ano. Nesse exato momento, Hadrien pensou em Adrien: será que aquele professor poderia ajudá-lo? Perguntou-o se ele conhecia um Adrien, mas ele respondeu que havia vários.

— É o seu nome também, não? É engraçado que você e seu primo tenham o mesmo.

— O meu é com H.

— Como o imperador romano?

— Sim, isso mesmo.

— Nós estudaremos sua história ano que vem, se vier para o pequeno liceu.

O professor Julien e Hadrien se dirigem à saída observando bem o lugar – o primeiro com curiosidade, o segundo com avidez. O pátio parece imenso, e as construções são altas, com centenas de janelas que deixam a luz entrar com tudo nas salas de aula. Deve fazer muito frio no inverno e muito calor no verão! Percorrem os longos corredores até chegarem à imponente porta de entrada. Hadrien está impressionado:

— Vou me perder aqui!

– Que é isso, não se preocupe, será como um peixe dentro d'água em menos de duas semanas! Ali está o internato onde ficará alojado. Ou seu avô vai hospedar você na casa dele?

– Ele propôs isso a minha mãe, mas o problema continua: enquanto meu pai não concordar, não posso esperar nada.

– Vou fazer uma visita a ele.

– Melhor não, ele não vai gostar!

– Não pode fugir eternamente dessa conversa. Sabe muito bem que as coisas não vão se resolver milagrosamente. Vou conversar com seu avô durante o almoço pra entender melhor a situação e, esta tarde, quando voltarmos, falarei com seu pai.

Hadrien se cala, nervoso. Ainda não cumpriu sua parte do trato com Adrien. É verdade que falou com a mãe, o que já é um passo, mas o principal é falar com o pai, que, aliás, não lhe dirigiu a palavra no café da manhã. No entanto, na noite anterior ele estava de bom humor: conversaram sobre máquinas agrícolas, e Hadrien lhe mostrou os desenhos que tinha feito, por sugestão de Lucien, de uma debulhadora e de um trator em duas folhas grandes. Em dez dias apresentarão o trabalho. O pai se mostrou interessado e parecia bastante orgulhoso. Talvez seja realmente um bom momento...

Ao chegar à casa do avô, Hadrien fica impressionado. Sabia que a família da mãe era rica, mas não imaginava uma casa tão grande, de três andares, com uma enorme porta de carvalho atrás da qual um criado os esperava para conduzi-los a uma imensa sala de jantar. A mesa tem lugar para ao menos vinte pessoas, e altas janelas dão para um belo jardim florido.

Na ponta da mesa, um senhor idoso magro e enérgico, de cabelo grisalho e ralo, os espera e se levanta quando se aproximam. Tem os traços marcados pela idade, mas certa suavidade no queixo e no rosto mostra bem que se trata do pai de sua mãe.

— Hadrien! Que prazer ter você aqui! E seja bem-vindo também, professor Julien, ouvi falar muito bem do senhor.

— Hadrien deve ter exagerado!

— Talvez, mas meu contador, que, se não me engano, é seu amigo, também gabou seus méritos. Segundo ele, o senhor é um verdadeiro republicano.

O professor Julien fecha a cara, visivelmente constrangido. Hadrien olha para ele sem entender bem.

— Não se preocupe, caro professor, estamos do mesmo lado em política — afirma o avô. E acrescenta, diante da expressão de dúvida do convidado: — Não pense que todos os burgueses desejam a guerra. Sou um pacifista e um socialista, admirador de Jaurès como o senhor. Enriqueci graças à boa gestão da empresa familiar que, no começo, era apenas uma pequena refinaria de açúcar. Hoje possuo doze refinarias nos arredores de Laon, e meu escritório, assim como minha residência secundária, fica em Paris. Todos os meus empregados são bem tratados e bem pagos, e não faço crianças trabalharem, e nem mulheres, à noite. O que o senhor acha?

— Estou surpreso, de fato, mas encantado em conhecer um homem como o senhor.

— Vamos para a mesa, ali conversaremos sobre tudo isso.

Hadrien obedece, um pouco desorientado: não entendeu muita coisa da conversa dos dois. Não sabe direito o que é socialismo nem pacifismo. Seu avô falou de uma guerra? Que guerra? Contra os alemães, como em 1870? Pronunciou o nome de Jaurès? Isso tem a ver com Adrien?

Senta-se diante da bela mesa, coberta com uma toalha branca e pratos de porcelana fina. Os talheres são de prata, os copos, de cristal. Hadrien constata, constrangido, que suas mãos estão sujas, manchadas de tinta, com as unhas compridas. Um desconforto o invade, o perturba, estragando aquele dia tão promissor!

– Hadrien? Hadrien!

– O que foi? – responde o rapaz, perdido em pensamentos.

– Seu professor me disse que você veio ver o liceu...

– Sim, eu... eu gostaria muito de cursar o nono ano no liceu de Laon!

– E seu pai? Finalmente cedeu? Escrevi a sua mãe propondo contratar um ajudante para ele, a fim de substituir você na fazenda.

O professor suspira, e Hadrien abaixa a cabeça. É o suficiente para que seu avô saiba a resposta. Ele conhece o genro.

– Hadrien veio também para encontrar seu primo, com quem mantém intensa correspondência há três meses – conta o professor Julien para mudar de assunto.

– Théodore? – surpreende-se o avô. – Que eu saiba, ele não é muito de escrever! E vocês não se desentenderam da última vez em que se viram? Pensei que não gostasse muito dele...

– Não, é para o Adrien que escrevo – responde Hadrien.

– Mas... você não tem nenhum primo chamado Adrien!

– Como assim? – pergunta o professor Julien.

– Tenho apenas três netos homens: Théodore, Antoine e Hadrien, aqui presente.

– Não... não é possível! – diz Hadrien com um fiozinho de voz.

– Onde mora esse seu correspondente?

– Aqui em Laon. Na rua Jean-Jaurès.

– O quê? Mas não existe uma rua com esse nome. Se houvesse, eu com certeza saberia!

Hadrien tem a impressão súbita de estar se afogando. O avô olha para ele como se fosse uma criancinha contando mentiras, e seu professor parece atônito.

– E no entanto... essas cartas...

– Deve ter havido algum engano! Pergunte ao carteiro, talvez ele tenha misturado as cartas.

– Eu... sim... – murmura Hadrien, completamente arrasado.

A conversa continua sem ele, que capta apenas fragmentos de frases: a guerra, instalações da marinha francesa atacadas pelos alemães em Toulon, o conflito dos Bálcãs. Compreende que a situação está muito tensa entre os dois países, mas não consegue se concentrar realmente no que está ouvindo.

O excelente frango assado, o delicioso queijo e a torta de maçã o deixam indiferente. Tem a impressão de estar mastigando papelão. Em sua cabeça está tudo uma loucura...

∽

Depois do almoço, o professor Julien, preocupado por ver seu jovem aluno tão distraído, propõe que voltem a Corbeny. Conversou sobre a situação com o avô de Hadrien e agora sabe o que dizer a seu pai. Quando chegam, o sol já está se pondo, mas o pai não voltou para casa, ainda está no estábulo. Marthe está brincando com cascas de noz que o irmão transformou em barquinhos, e Lucienne reforma um vestido sob o olhar atento da mãe, que quer ensiná-la a costurar, apesar da má vontade da filha: sua obra parece mais um pano de chão que um vestido!

O professor entra, um pouco constrangido, e se dirige à mãe de Hadrien.

– Vim falar com os senhores, madame Nortier, a respeito dos estudos de Hadrien.

– Muito bem, sente-se por favor, enquanto meu marido não chega. E me chame de Louise, está bem?

– Certo, madame... eh... Louise.

Hadrien fica surpreso ao ver o professor se atrapalhar todo diante de sua mãe. Depois se dá conta de que ela tem maneiras de grande dama quando recebe alguém, exatamente como seu avô. O mesmo modo de se portar, o mesmo sorriso simpático.

Ela oferece um café ao convidado e o prepara em sua pequena cafeteira em folha de flandres, uma preciosa lembrança de uma viagem à Itália quando ainda era solteira. Seu pai fez questão de levar os filhos para ver Roma e Florença, sem esquecer de ler para eles os livros de Stendhal e Du Bellay que falam da Itália. Ela conta suas recordações ao professor Julien, enquanto Hadrien torce as mãos debaixo da mesa, nervoso, infeliz.

Finalmente o pai chega.

– Ora, ora, boa tarde, senhor professor – exclama de maneira pouco simpática.

– Boa tarde, trouxe Hadrien de volta.

– Ele se comportou?

– Sim, como de costume.

– É porque o senhor não o conhece dentro de casa.

O professor parece a ponto de responder, mas Hadrien olha para ele com expressão de súplica.

— E o que mais o senhor deseja de nós? — pergunta o pai, astuto o bastante para saber que ali tem dente de coelho.

— Vim conversar com os senhores a respeito da continuação dos estudos de Hadrien.

— Ele não está interessado.

— Estou sim! — exclama o rapaz, saindo de seu torpor. — Quero cursar o pequeno liceu!

Um momento de silêncio pesado. Então o pai se senta barulhentamente.

— Bom, nesse caso, vamos conversar.

— Pois bem... — começa o professor Julien. — Hadrien tem muito talento para os estudos e pode obter uma vaga no pequeno liceu. Mais tarde, poderá cursar uma faculdade e se tornar engenheiro.

— Certo. E isso o ocuparia até que idade?

— Dezoito anos. Vinte e um se continuar os estudos.

— Então eu teria que abrir mão do meu filho por cinco anos? Talvez oito? Sim, eu sei contar, senhor professor, e o resultado da conta não me agrada: o lugar de um filho é ao lado do pai!

— Não necessariamente... O meu está em Paris.

— Um parisiense! — exclama o pai, com uma careta de desprezo. — Claro, o que ele poderia lhe dar? Terras? Uma fazenda para administrar? O senhor foi embora porque não tinha nada melhor a fazer lá, só isso!

— Posso lhe assegurar que não!

— Além disso, esses cinco anos, talvez oito, quem vai pagar? — pergunta o pai com faíscas nos olhos.

— Posso obter uma bolsa se tiver boas notas no exame final — intervém Hadrien.

— E se não conseguir essa bolsa? — retruca o pai em tom desdenhoso.

— Meu pai se ofereceu, você sabe — diz a mãe de Hadrien.

— Pronto, chegamos ao ponto! — troveja o pai, dando um murro na mesa.

Todos se sobressaltam. Marthe dá um grito e vai se esconder nas saias da mãe. Lucienne fica tão imóvel que parece uma estátua esculpida ao lado da lareira. A mãe tenta acalmar o marido acariciando seu braço, mas ele a repele.

— Sim, chegamos ao ponto! — diz de repente o professor Julien.

Hadrien percebe que ele não parece abalado, e admira sua coragem.

— Não quero ajuda desse *senhor* — resmunga o pai.

— Sem problemas. Ele não quer ajudar o senhor, quer ajudar o Hadrien.

— Ora essa!

— E está disposto a pagar um empregado para ajudá-lo na fazenda — intervém Hadrien. — Além disso, posso voltar para casa de carro todos os domingos!

— De... de carro? — hesita o pai desconcertado.

— E se eu quiser, poderei continuar meus estudos em Paris. O vovô tem uma casa lá onde todos poderão ficar quando vierem me ver! — exclama Hadrien, feliz com essa perspectiva.

— Em Pa-Paris?! — gagueja o pai, cada vez mais surpreso com a firmeza do filho.

— Sim, na capital! — entusiasma-se o professor Julien. — Uma oportunidade incrível para Hadrien! Seu avô é tão generoso! Seria uma grande tolice não aproveitar.

Hadrien e sua mãe se entreolham, amedrontados; o pai não vai gostar de ser tratado como tolo... E não dá outra:

— Seria uma grande tolice? E o que o senhor sabe disso, seu fedelho de uma figa?

— O que eu sei é que, ao que tudo indica, conheço melhor seu filho do que o senhor, pois o grande sonho dele é levar adiante seus estudos, e o senhor parece não se dar conta disso.

— Eu sei o que é bom para o meu filho! É tocar esta fazenda, pois a terra sempre alimenta os homens trabalhadores, em vez de correr pra cidade e acabar sem um tostão.

Hadrien, que está fervendo por dentro, explode de repente:

— A terra alimenta os homens? Diz isso, mas quase morremos de fome dois anos atrás quando houve a seca.

— Dois anos seguidos de seca, nunca tinha acontecido, é claro que foi duro. Mas conseguimos superar, graças a mim!

— E a mamãe? E nós, que trabalhamos na fazenda desde que nascemos?!

— E você queria o quê? Que eu fizesse tudo sozinho enquanto o senhor ficava na moleza?! Faz meses que você tenta escapar das tarefas, mas meu filho não vai ser um preguiçoso, isso não! Vou dar um jeito nesse vício, meu rapaz!

— Eu não sou preguiçoso! Sou o melhor aluno da minha sala! — agora Hadrien grita sob o olhar petrificado da família, que nunca o tinha visto em semelhante estado.

— Isso não é trabalho! Você não sua sobre seus livros, fica com a bunda tranquilamente sentada na cadeira, e comendo moscas!

— E o que você sabe disso? Nem sequer sabe ler!

É a gota d'água. A bofetada parte e estala tão forte que o garoto se desequilibra e quase cai no chão. Seu rosto fica imediatamente vermelho. Mas Hadrien se recompõe com altivez, segurando as lágrimas, e afirma:

— Eu não quero ser como você! Quero ter o direito de escolher!

O pai de Hadrien se decompõe de repente, estupefato com as palavras do filho.

– Vá para o seu quarto, Hadrien. Levarei sua janta lá – diz a mãe, empurrando-o da cozinha antes que viesse uma nova bofetada.

Hadrien entra no quarto e bate a porta com raiva. Ouve a mãe se desculpando com o professor Julien, que logo vai embora. Então a briga explode entre ela e o pai. Está tudo perdido agora. Nunca poderá estudar em Laon. Vai ficar preso ali até o fim dos seus dias, ordenhando vacas e esperando... o quê? Que um desses bichos estúpidos não fique doente? Que a geada não prejudique as colheitas?

Joga-se na cama, enche o travesseiro de socos, depois se levanta, tomado por uma vontade irresistível de se abrir com seu único verdadeiro amigo.

~

É então que nota o envelope sobre a cama; na certa foi sua mãe que o deixou ali; reconhece na hora a letra horrorosa do primo Adrien.

Mas será que ele é realmente seu primo? Olha para o nome e o endereço do remetente no verso, sempre os mesmos: "Adrien Lerac", o sobrenome de solteira de sua mãe, e "rua Jean-Jaurès".

Querido Hadrien,
Fiz uma descoberta completamente maluca hoje. Nem sei como lhe contar, é alucinante...
Hoje de manhã, peguei a bicicleta e fui até Corbeny para encontrar você. Descobri que o vilarejo não se parece nem um pouco com o que

você descreveu! Nenhum Hadrien Lerac, nem Nortier, mora lá. E foi então que compreendi: você não é da minha família, você não é meu primo, você nem sequer é do mesmo século que eu!
    Moramos a vinte quilômetros um do outro, mas a cem anos de distância! Eu sei, você vai pensar que eu enlouqueci, que isso é delírio, não faz sentido. Mas pode acreditar em mim, Hadrien, é a mais pura verdade! Veja o selo da minha carta e esse recorte de jornal que estou mandando. Hoje de manhã, fiz questão de comprar um jornal que já existia em sua época.

    Junto à carta, há um recorte do jornal *L'Humanité*. Hadrien o desdobra com dedos trêmulos e vê a data: 29 de março... de 2014.
    Adrien vive em 2014. Cem anos os separam. Um século inteiro.

    Mas isso não é tudo. Você realmente vive em 1914, como receio que viva? Eu conheço o futuro da sua época, sei exatamente o que vai acontecer em 1914 e estou muito preocupado com você. Sinto medo de verdade, Hadrien. Porque coisas terríveis vão ocorrer, coisas de que você nem sequer faz ideia. A Alemanha vai declarar guerra à França no dia 3 de agosto de 1914. Será uma guerra atroz, como nunca houve antes. Ela durará anos e devastará tudo. Ao final de quatro semanas, seu vilarejo será invadido. Ele será totalmente destruído, assim como boa parte da região. Não restará nada da sua casa, das plantações do seu pai e de todo o resto.

Por isso, eu lhe peço, encontre um jeito de sair daí antes disso, qualquer jeito, mas não fique em Corbeny! Fuja para Paris, por exemplo, lá estará a salvo. Os alemães não conseguirão ultrapassar o sul do departamento de Aisne. Espero que você me entenda e acredite em mim. E, sobretudo, que me dê ouvidos, porque sua vida está em perigo.

Seu amigo,
Adrien

A guerra? Em seu vilarejo?
Só pode ser um pesadelo.

Capítulo 15

21 de abril de 2014

Querido Hadrien,
Faz três semanas que nossas últimas cartas se cruzaram, e estou muito preocupado. Como vai o Albert? Por que você não me responde? Receio por ele e por você.
Você realmente vive em 1914? Era mesmo para mim que estava escrevendo até agora? Marion diz que tudo isso não passa de um engano, que suas cartas nunca foram escritas para mim, que é tudo uma grande coincidência. E isso está me deixando louco.

Adrien larga a caneta e amassa a folha. É a mais pura verdade: está ficando louco. Será que deve continuar escrevendo para esse primo que não é seu primo? Quem será ele, na verdade? Não faz ideia.

Sua mãe abre a porta do quarto de supetão.

– Adrien! – ela grita. – Viu que horas são? Por acaso está pensando em matar aula de novo?

Está com o rosto vermelho de irritação, as mãos crispadas, o cabelo despenteado. Quando era pequeno, chorava só de vê-la daquele jeito. Agora não chega mais a ter medo de verdade.

– De jeito nenhum, mãe...

O relógio indica oito horas. Puxa! Ela tem razão, está atrasado.

– Você não liga mais pra nada! Suas notas estão péssimas! E eu ainda tenho que ficar vigiando você, como se fosse um menininho de 5 anos, pra ir na hora certa pra escola!

Pega a mochila dele e o puxa pelo braço para tirá-lo da cadeira.

– Vamos, se mexa! Acho bom você se recuperar nesse fim de trimestre, se não, nada de mesada nem de sair.

– Grande coisa! Não tenho mesada desde que meu pai foi embora, e nunca saio mesmo.

– Então, nada de computador!

– O quê? Não pode fazer isso. Preciso dele para estudar!

– Isso! Tente me fazer de boba! Você passa o tempo é jogando on-line, matando *trolls* e dragões. Acha que eu sou idiota? Pois saiba que verifico seu histórico na internet!

O pior é que é verdade... Até então, ele passava horas jogando na internet. Mas, desde sua visita a Corbeny, tem uma única obsessão: saber tudo sobre a guerra de 1914. Pegou livros de história na biblioteca do colégio, viu fotos na internet, gastou todo o seu tempo livre em pesquisas... Descobriu que a região onde mora, os pequenos vilarejos que conhece, tudo isso esteve no centro dos combates.

– Adrien! Está ouvindo o que estou dizendo? Estou só avisando, se você tiver mais *uma* falta na escola, vou vender seu computador!

– Isso é um absurdo!

Arranca a mochila das mãos da mãe, desce a escada correndo e bate a porta com toda a força. Lança um olhar preocupado à pequena caixa de correio azul e sai correndo para tentar chegar na hora.

Na escola, finge que está prestando atenção nas aulas e fica na dele. Sua mãe acertou no alvo: para se informar sobre a guerra, precisa do computador. Não pode ficar sem ele de jeito nenhum.

– Crianças – diz de repente a professora de história e geografia –, devo lembrar que, em comemoração ao centenário da guerra de 1914, no fim de maio visitaremos a Caverna do Dragão, no Caminho das Damas, a vinte e cinco quilômetros daqui.

Adrien imediatamente ergue a cabeça. Pela primeira vez desde aquela maldita mensagem de Marion escuta o que um professor diz com toda a atenção.

– Alguma ou algum de vocês sabe o que aconteceu no Caminho das Damas entre 1914 e 1918?

Um dedo se levanta.

– Diga, Willy.

– Eh... eu não levantei o dedo, professora... estava só coçando o nariz.

Até parece. Estava era fazendo sinais para seus dois comparsas do outro lado da fila de carteiras. A professora os separou, mas continuam bancando os imbecis.

– De qualquer jeito, diga para nós o que acha. O que o Caminho das Damas evoca para você. – Com um sorriso levemente irônico, acrescenta: – Não seja tímido, diga tudo.

– Bom... – começa ele, desconfortável. – Era um caminho onde... os soldados jogavam damas.

Uma parte da sala ri e zomba de Willy. A professora ergue os olhos para o céu.

– Mais alguém tem uma ideia brilhante sobre o assunto?

Com uma expressão de cansaço, ela contempla as cabeças abaixadas, até que seu olhar se depara com o dedo levantado de Adrien. Ela franze as sobrancelhas e balança a cabeça.

– Adrien? O que houve? Também está coçando o nariz? Também acha que era um caminho onde os soldados jogavam dama?

– Puxa-saco! – sussurra Willy atrás dele.

Adrien se levanta, hesita um pouco e então começa com voz trêmula:

– É um caminho de cerca de trinta quilômetros entre a estrada de Soissons e o vilarejo de... de Corbeny. Seu nome data do reinado de Luís XV, quando as duas filhas do rei costumavam percorrê-lo. O nome não tem nada a ver com a guerra.

A professora tira os óculos, espantada.

– É exatamente isso.

– Durante a Primeira Guerra Mundial, foi o terreno de uma primeira batalha sangrenta em 1914.

Adrien empurra a cadeira, com os olhos brilhando e as mãos molhadas de suor frio. Vai até o quadro, pega um marcador preto e, com alguns traços firmes, desenha um mapa do norte da França. A turma toda fica olhando, boquiaberta.

– A Alemanha declara guerra à França no dia 3 de agosto de 1914. Os alemães atacam a Bélgica, um país neutro, pra pegar o exército francês de surpresa.

Com a ponta do marcador, indica Bruxelas, bem no alto do quadro, e desce com um gesto amplo em direção à França.

– Então penetram nas linhas francesas pelo norte do nosso departamento. A Picardia, o Norte, as Ardenas, Marne e outras regiões são invadidas. Mas, a partir de setembro, os exércitos francês e inglês conseguem barrar o inimigo e começam a empurrá-lo de volta para o norte.

Adrien pega um marcador azul para representar os franceses e traça uma flecha enérgica para cima.

— Então os alemães se concentram na melhor linha de defesa natural que encontram: o Caminho das Damas.

Usa um marcador verde para indicar as posições alemãs. Faz um tracejado preto no centro do departamento, como uma cicatriz no meio de um rosto. Em alguns segundos, Adrien esboça o cenário.

— É o lugar ideal para eles: uma crista de trinta quilômetros de comprimento, com uma visão panorâmica para o platô de Ailette. E, para completar, uma parte da região tinha sido explorada como pedreira: há ali galerias subterrâneas que os alemães aproveitam para transformar em ninhos de metralhadoras. A maior dessas galerias se chama "Caverna do Dragão". O avanço das tropas francesas e inglesas é barrado ali. Milhares de soldados, tentando tomar essa posição, perdem a vida metralhados ou atingidos por obuses.

Vira-se para a sala, aponta o marcador para as primeiras filas e imita o barulho da metralha.

— As posições se mantêm estáveis em cada campo por três anos. O terreno é devastado. Os habitantes fogem ou morrem nos combates. Os que estão do lado alemão, como aqui em Laon, ficam sujeitos à ocupação alemã.

Faz uma pausa, suando, vermelho.

— Há execuções de civis, massacres, fome. O invasor deporta milhares de homens para campos de trabalho na Alemanha. Os que não são deportados trabalham forçados nas plantações... O norte da França fica coberto de plantações de repolho, franceses e francesas trabalham nelas do amanhecer até a noite, de barriga vazia!

Num ímpeto, vira-se de novo para o quadro e traça duas novas flechas azuis em direção ao exército verde.

– Mas a segunda batalha do Caminho das Damas será ainda mais terrível que a primeira. Em 1917, o general Nivelle lança uma enorme ofensiva para retomar o platô. Acredita poder chegar a Laon no primeiro dia de ataque, só que os alemães estão bem posicionados e massacram os franceses da primeira linha. A ofensiva se estende por meses, quase sem resultados, afora a morte de cerca de duzentos mil franceses. Os soldados se amotinam, alguns são fuzilados. Laon nunca é alcançada; a Caverna do Dragão é retomada pelos franceses à custa de muito sangue derramado. E, alguns meses depois, em 1918, os alemães recuperam o terreno perdido.

Faz uma nova pausa, olhando para o vazio. Contempla as flechas, as linhas e as cores no quadro. Então sombreia toda a região ao redor do Caminho das Damas e prossegue:

– Numa faixa de cinquenta quilômetros de largura, a terra não é mais que um imenso campo de buracos de obus. Buracos, buracos a perder de vista! O ar e o solo estão saturados de gás: um quarto dos projéteis contém carga química...

Suas mãos tremem. Quando tenta guardar o marcador na canaleta do quadro, deixa-o cair no chão.

– Será... será que vocês conseguem imaginar todos esses refugiados, todos esses sobreviventes que voltaram pra casa depois da guerra? Não reconheciam nada, absolutamente nada de seus vilarejos e plantações: não havia duas pedras de pé, uma em cima da outra, nem uma estrada, nem mesmo uma árvore. É como se tivessem arrancado um pedaço de seus próprios corpos...

Com lágrimas nos olhos e passos trêmulos, volta para seu lugar sob o olhar estupefato de toda a sala.

Ninguém diz nada, nem mesmo Willy. A professora olha para o quadro, compara o mapa de Adrien com o que está no livro didático e põe de novo os óculos para ver se não está enganada: ele reproduziu cada fronteira, cada curva do Caminho das Damas com perfeição.

E em Corbeny, bem na ponta do caminho, desenhou uma grande cruz preta.

⁂

No final da aula, Adrien sai do colégio com os olhos fixos no chão. Em sua cabeça ainda ecoa o barulho dos canhões.

– Menino! Ei, menino, espere! – diz de repente alguém atrás dele.

Vira-se e se depara com uma velhinha toda enrugada, apoiada numa bengala e quase dobrada em dois, de tanto que suas costas estão encurvadas. Conhece-a de vista, mora no bairro, e contam que é meio tantã.

– Bom dia – ele diz, com gentileza.

– Bom dia, bom dia... Gostaria de lhe *dizerrr* uma coisa *imporrrrtante*, meu *rrrapazinho*. Uma coisa muito *imporrrrtante*.

Tem uma voz meio rouca, com um fortíssimo sotaque de camponesa da Picardia. Dá para ouvir os "r" rolando como uma metralhadora.

– O que a... o que a senhora deseja? – pergunta Adrien, meio sem jeito.

– Sua *carrrrta*, menino! – Aponta um indicador retorcido para ele e tamborila em seu ombro. – A *carrrrta* que você amassou esta manhã no seu *quarrrrto*. *Prrrecisa* enviá-la sem falta!

Ele para de respirar.

– O quê?! A senhora... me viu amassar a carta?! Sabe da minha correspondência com Hadrien?!

A velha volta a se encolher sobre si mesma, gemendo, se apoia sobre a bengala e faz sinal para ele ir embora.

– Faça o que eu lhe digo, *rrrapazinho*. Envie a *carrrta*. É tudo o que tenho a lhe *dizerrr*.

Adrien fica olhando a velhinha ir embora. Como é tolo! Por um momento, chegou a acreditar que ela estivesse falando de sua carta para Hadrien. *A coitada está completamente maluca*, pensa. *Na certa tem Alzheimer ou alguma coisa do tipo.*

Mas quando chega em casa e vê a carta amassada sobre a escrivaninha, muda de ideia: vai enviá-la de qualquer jeito. Sente falta demais do amigo.

Capítulo 16

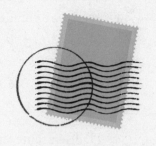

23 de maio de 1914

Querido Adrien,

Recebi suas cartas e me sinto culpado por não escrever para você há quase um mês. Fiquei completamente atordoado com o que me disse. Quer dizer que você realmente vive em 2014? Confesso que no início não sabia muito bem o que pensar disso, embora assim se expliquem todos os mistérios que envolvem nossas cartas. Mas, no fundo, há uma coisa de que estou certo: posso confiar em você.

Agora, você realmente tem certeza quanto a essa guerra de que me falou? Não pode ter se enganado? Talvez eu não tenha nada a temer aqui em Corbeny... Evito pensar nisso, confesso, porque sinto vertigem quando o faço. Isso não me parece real.

Espero que me compreenda e não fique bravo comigo. Aqui as coisas andam mal: Albert, o irmãozinho de Simone, morreu *há três semanas, levado pela pneumonia. O médico não pôde fazer nada, nem a tia Jeannette. Simone está arrasada, chora o tempo todo, e não consigo consolá-la, porque também estou muito triste.*

Hadrien sente um nó na garganta ao escrever essas palavras... Lembra de Albert, na véspera de sua morte, tossindo sem parar por longos minutos, até cuspir sangue; e depois caindo, exausto, num sono agitado e febril. Foi tudo tão rápido. No dia seguinte, quando Hadrien chegou da escola, o menino já estava morto, branco, pequeno, encolhido na grande cama como um bebê. Sua mãe ainda segurava sua mão, sentada à cabeceira, gemendo, e Simone chorava silenciosamente, de pé ao lado de Jules. Hadrien andou um pouco ao redor deles, sem saber o que fazer, colocando lenha na lareira, servindo uma tigela de sopa para cada um. Mas a sopa esfriou sem que ninguém tocasse nela, e Hadrien foi embora sem dizer nada, com o coração devastado, incapaz de chorar de tanta raiva que sentia pela injustiça daquela morte. Raiva de quem? De ninguém, na verdade. O médico e tia Jeannette não tinham culpa. E mesmo que Adrien tivesse conseguido enviar os remédios, teria sido tarde demais. Precisava lhe dizer isso!

Queria lhe dizer que você não tem culpa de nada. Sinto-me envergonhado por tê-lo deixado preocupado. De qualquer jeito, não poderia ter me ajudado: foi tudo tão rápido que os remédios nunca teriam chegado a tempo, mesmo que tivéssemos compreendido mais cedo que um século nos separa.

Faz um mês que, apesar da tristeza de ter perdido Albert, não paro de pensar em você e em sua explicação inacreditável. No começo não foi simples, pensei que tinha ficado louco, que também estava com febre. E quando contei para Simone, ela riu de mim. Acho que foi a única vez que riu nessas últimas semanas, e agradeço a você por tudo: o riso de Simone, o desenho para Albert, os conselhos, tudo isso é precioso. Não importa se o que nos une seja feitiçaria ou magia! Mas tenho várias perguntas! Como você vive? Numa casa? Há carros por toda parte? Aviões? Li os livros de H. G. Wells que o professor Julien me emprestou: vocês podem ficar invisíveis? Entraram em contato com marcianos?

Imaginar tudo isso e ler foi o que me permitiu aguentar tudo nesses últimos tempos.

Mas e você? Conseguiu falar com a Marion? Eu cumpri minha parte do trato, e foi uma catástrofe. Meu pai não quer nem ouvir falar do pequeno liceu, apesar do apoio de meu avô, que se propôs a pagar tudo, inclusive o salário de um ajudante para meu pai! Ele não quer que eu parta. Não tenho mais nenhuma motivação, e agora compreendo muito melhor o que você diz a respeito da escola. E olhe que não imaginava que isso fosse possível. Mas acho *que mesmo assim você deve se esforçar, e proponho um novo trato: você passa de ano e eu obtenho meu certificado. Depois, se realmente não chegarmos a nada melhor, ao menos teremos concluído isso, e teremos feito juntos! Que tal?*

Um grande abraço, meu amigo,

Hadrien

Assim que Hadrien termina a carta, como que por magia, tia Jeannette bate à porta.

– Entre, Jeannette, entre logo! – diz a mãe abrindo a porta.

Lá fora, chove a cântaros; a primavera está chuvosa, nada de dias bonitos. O pai está nas plantações, lavrando a terra lamacenta que cola nos tamancos. Dizem que a terra está "apaixonada" quando faz isso. Hadrien tem é a impressão de estar carregando aquelas bolas de ferro dos condenados quando os torrões de terra grudam em seus velhos sapatos e ele tem que ajudar o pai a desatolar o cavalo. Precisam cuidar bem dele, já está velho e é o único que têm. Sem ele, o arado, que custou tão caro, não serviria para nada. Hadrien sacode a cabeça; está sentindo pena de um pangaré!

– Brrr, que tempo horrível – diz tia Jeannette, aproximando-se do fogo.

– Quer um café? – pergunta a mãe de Hadrien.

– Não, obrigada: essa bebida estranha me dá dor de barriga. Prefiro um chá. Aliás, trouxe-lhe algumas plantas para dor de barriga. Você disse que andava sentindo enjoo, não foi?

Tia Jeannette lhe estende as ervas que acabou de tirar de um de seus muitos bolsos, mas, de repente, interrompe seu gesto.

– Oh! Você está grávida!

– O quê? Não, que eu saiba não.

– Deve fazer apenas um mês, ainda não se deu conta.

– Menina ou menino? – pergunta a mãe, que não duvida da palavra de tia Jeannette nem por um segundo.

Hadrien, que começa a acreditar um pouco mais em magia graças a seu correspondente do futuro, estica o ouvido. Não é à toa que tia Jeannette é considerada uma feiticeira: além de seus talentos de curandeira, é conhecida por suas profecias. Aliás, ela tinha "visto" as secas dos anos anteriores.

– Vai ser uma menina...

– Oh! Mamãe! – intervém Marthe. – Podemos chamar de Suzanne, como minha boneca? Suzanne Nortier, não fica bonito?

Na verdade, a boneca não passa de um trapo com dois botões costurados à guisa de olhos. Hadrien olha para ela enternecido: também passou horas brincando com homenzinhos que ele próprio tinha fabricado, por falta de dinheiro para comprar verdadeiros soldados de chumbo.

– E vai dar tudo certo? – pergunta ansiosa a mãe de Hadrien, que já perdeu dois filhos ainda bebês.

– O parto sim. Mas, para além de seu primeiro ano de vida... não vejo nada, é como se estivesse embaralhado.

– Quer dizer que...

– Ela vai viver, não se preocupe! É só que... não consigo desemaranhar os fios do seu futuro. Mas acho que ela será uma mulher forte. Poderosa mesmo.

"Poderosa?" Hadrien arregala os olhos. O que isso quer dizer? Que ela será como a tia Jeannette? Que ela também será... meio bruxa? Sacode a cabeça. Não, não vai agora começar a imaginar esse tipo de coisa. Como a chuva diminuiu, resolve ir postar sua carta. Cumprimenta a tia, que põe a mão em seu braço e mergulha seus olhos brilhantes nos dele.

— Ah! Agora vejo como estão entrelaçados os fios dessa história! Tem razão em pedir ajuda a esse garoto: é dele que talvez venha a salvação de vocês. Vá logo postar essa carta!

Hadrien está atônito. Como ela sabe de Adrien? Será que isso quer dizer que a ameaça de guerra é mesmo real? As perguntas queimam sua língua, mas a tia já foi se sentar perto do fogo e deu as costas para ele.

Completamente desnorteado, vai até a caixa amarela na frente da casa para deixar o envelope, depois se dirige à escola. Ao passar pelo cemitério, evita olhar para os túmulos. Faz dois dias que não pisa ali e não quer ver a terra recém-revolvida sobre a sepultura de Albert. Desde que brigou com seu pai, não se falou mais em certificado, liceu nem coisa nenhuma. Em compensação, o pai o abraçou com carinho logo antes do enterro. Colocaram roupas pretas, daquelas que são usadas o mínimo possível, duras por causa da goma de amido e com cheiro forte de naftalina. No momento de sair, o pai segurou Hadrien pelo braço e o abraçou. Hadrien chegou a ouvir um soluço abafado e, por fim, suas lágrimas começaram a correr. Seu pai o manteve nos braços por muito tempo, deixando sua mágoa extravasar. Finalmente, parou de chorar e disse:

— Estou orgulhoso de você. Tem sido um amigo valioso pra Simone e sua família. É assim que um homem deve se comportar.

Quando chega à escola, está na hora do recreio. Os outros alunos estão do lado de fora, brincando. Jules não, ele parou de frequentar a escola. Começou seu aprendizado de ferreiro e agora vive mergulhado no trabalho para não pensar demais.

Lucien olha feio para Hadrien. Não falaram mais um com o outro desde a apresentação do trabalho, que ocorreu logo antes da morte de Albert. Hadrien estava tão preocupado com o menino que nem percebeu os elogios do professor. Lucien aproveitou para colher todos os louros.

– Fui eu que fiz os desenhos. E também tive a ideia de usar folhas grandes!

– Foi uma excelente ideia, Lucien, parabéns!

E o sacana ainda acrescentou:

– A ideia era fazer mais desenhos, mas Hadrien não parecia muito motivado.

– Não tem problema, essas três pranchas foram o suficiente – respondeu o professor, para não ferir Hadrien.

Hadrien nem sequer teve energia para se irritar, apenas olhou para Lucien com desprezo. Na noite seguinte, teve sua revanche. Quando foi visitar a família de Simone, o médico estava à cabeceira de Albert e lhe disse:

– Parabéns, Hadrien! Conseguiu fazer o inútil do meu filho trabalhar, uma verdadeira façanha. Venha fazer seus deveres lá em casa sempre que quiser!

Hadrien entra na sala vazia e se dirige à mesa do professor. Este ergue os olhos do jornal e o observa se aproximar. Sua expressão é de preocupação.

– Hadrien, como vai?

– Mais ou menos. Acho que devo voltar a mergulhar nos estudos para não ficar remoendo os problemas. Estou incomodando o senhor?

O professor mostra o jornal:

– De modo algum! Olhe, esse jornal se chama *L'Humanité*. Foi criado por Jaurès, que escreve nele artigos muito interessantes, ainda mais agora, que as eleições legislativas estão chegando e a esquerda está na frente.

Hadrien passou a se interessar por tudo isso desde a visita a Laon. Mas o que chama a sua atenção é a manchete "Contra os três anos", que se opõe à nova lei sobre o prolongamento do serviço militar votada em 1913.

— Sim — diz o professor ao notar a direção de seu olhar —, esse artigo é interessante também.

Depois lê em voz alta:

"Nancy ocupada pelos alemães; Verdun e Épinal atacadas; os 6º, 7º, 20º e 21º corpos do exército cedendo sob a pressão do inimigo e abandonando Woëvre, Meurthe-et-Moselle, a linha dos Vosges, etc. Imagine essas notícias terríveis atravessando a França nos dez primeiros dias da guerra! E, no entanto, estamos em plena realidade. A invasão das fronteiras é muitíssimo provável."

— Professor, o senhor acha que vai haver uma guerra entre a França e a Alemanha, não é mesmo?

— É possível, de fato. Jaurès fala sobre isso, e houve conflitos no Marrocos que fazem pensar que a paz está em perigo. O exército alemão é moderno e muito poderoso; se houver uma guerra, ela será devastadora. Suponho que os soldados franceses correriam grande perigo e que as batalhas seriam mortíferas nas fronteiras. Mas não se preocupe demais com isso; daí a pensar que estaríamos em perigo aqui, em Corbeny, há uma grande distância. Acho que alguns jornalistas exageram às vezes para nos assustar.

— É que... na verdade, não acho que eles estejam exagerando. Acho que têm razão e que estamos todos em perigo. Adrien me disse. Mas é tudo tão incrível que não tive coragem de contar ao senhor.

— Adrien? Vocês ainda estão se correspondendo?

— Sim, por quê?

— Não acha que é um pouco estranho, esse rapaz que não é seu primo, e que você nem sabe onde mora?

— Adrien me disse que vive numa outra época... No futuro. Em 2014.

— O quê? Está brincando, não é mesmo?

— Por quê? O senhor vive lendo romances que se passam no futuro!

— E agora compreendo melhor por que você também só quer ler isso! É verdade, os selos são estranhos, assim como o endereço, mas... Hadrien, não deve pôr esse tipo de ideias na cabeça!

— Por quê? O senhor não acredita que existam coisas que a gente não entende? Coisas mágicas?

— Não. Sei que no interior as pessoas ainda são supersticiosas, mas não acredito nessas coisas. Acho que você ficou abalado com tudo o que aconteceu à família de Simone e está tentando se consolar com essa história.

— Não é isso, o senhor precisa acreditar em mim. Adrien diz que haverá a guerra com a Alemanha, que ela será declarada no dia 3 de agosto de 1914 e que o inimigo chegará rapidamente até aqui. Diz também que a região será completamente destruída. Sei que o senhor não vai acreditar em mim, mas suplico que se ponha a salvo neste verão, em algum lugar mais ao sul ou na casa de seu pai, em Paris. Olhe, trouxe as últimas cartas dele. Veja o senhor mesmo!

Estende para ele o recorte de jornal com a data de 2014, mas o professor nem sequer olha para o papel.

— Ora, meu rapaz — responde com expressão preocupada. — Que imaginação você tem! Não devia ter lido esse artigo para você, deve tê-lo afetado. Deixe tudo isso de lado, pense em outras coisas. Vamos nos concentrar na obtenção do certificado: daqui a três semanas vocês farão um teste, e quero que se preparem como se se tratasse do verdadeiro certificado.

Com um gesto que dá fim à conversa, o professor pega a pena para corrigir os cadernos dos alunos. Hadrien, completamente abatido, sai da sala segurando as lágrimas. Se nem o professor, que sabe tantas coisas, acredita nele, quem vai acreditar? Como vai conseguir convencer sua família a deixar Corbeny antes de agosto?

Ao sair, dá de cara com Lucien, que parece ter ficado esperando por ele. Hadrien tenta ignorá-lo, mas, em menos de dois segundos, Lucien se lança sobre ele e o prensa contra a parede.

— Então quer dizer que eu sou um inútil, é isso? Você fez minha caveira para o meu pai!

— Que história é essa?! — exclama Hadrien, quase sem poder respirar.

— E o que foi dizer ao professor agora, seu caipira de uma figa? Que foi você que fez todo o trabalho?

— Nada disso! Me solte!

— É melhor não tentar bancar o espertinho! Ou vou quebrar sua cara.

Lucien sai correndo no momento em que a porta da sala se abre.

— Hadrien? Tudo bem? — pergunta o professor.

O garoto murmura:

— Sim, sim...

Sente uma grande vontade de chorar, mas pensa em Adrien, e isso o reconforta. Ele é seu amigo de verdade, e isso vale ouro.

Capítulo 17

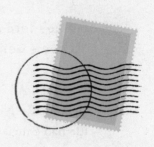

25 de maio de 2014

Faz tempo que Hadrien não escreve. Claro, isso pode ser normal, mas Adrien não consegue evitar certa preocupação. Ele teria contraído uma pneumonia, como Albert? Talvez morrido? Naquela época, a medicina não era muito avançada, e os gastos com o tratamento não eram reembolsados.

Bom, pelo menos a guerra ainda não foi declarada, só será dali a três meses, no dia 3 de agosto, e Corbeny só vai ser ocupada pelo inimigo no início de setembro. Mas... e se Hadrien não acreditar nele? Se não deixar o vilarejo? Provavelmente será morto durante os combates. Ou capturado pelos alemães e reduzido à escravidão, como os moradores das zonas ocupadas. Ou executado: houve tantos massacres de civis durante a guerra!

Pensa na próxima carta que vai lhe escrever; as palavras surgem em sua cabeça, e ele tenta memorizá-las:

Não fique aí, diga para sua família fugir. Vá a Paris, por exemplo, os combates não chegarão até lá. Leve suas irmãs com você, e a Simone, e todos que conseguir convencer. Sei que parece loucura e que terá dificuldade em acreditar nisso, mas juro que é verdade, vocês têm que sair daí...

— Bom dia, Adrien! — diz Sarah no corredor, diante da sala de inglês. — Nenhuma notícia de seu primo hoje?

— Ele não é meu primo — suspira Adrien. — Mas não, nenhuma novidade. E aí, como foi o conselho de classe?

— Ah, sempre a mesma coisa: "aluna esforçada, mas meio cabeça de vento", "conversa durante as aulas", "pode melhorar". Todo trimestre é a mesma coisa, desde o sexto ano.

Dá uma risada e vai falar com outros colegas.

Ontem foi o conselho de classe do segundo trimestre. Adrien acha que vai repetir o ano, e, ao contrário do que imaginava, isso o incomoda — por mais que diga a si mesmo que não está nem aí e que a escola não serve pra nada... Quando vê os alunos amontoados ao redor dos representantes de sala no corredor, percebe que também está angustiado.

O que deu em mim? Não fiz nada durante três meses! Deixei tudo pra lá! Então aperta os dentes e repete o refrão: *A escola não serve pra nada, a escola não serve pra nada...* como que para convencer a si mesmo.

— Adrien — Tom o chama.

É um dos representantes de sala, o namorado de Sarah. Ele leva isso muito a sério.

— Oi, Tom.

Adrien sempre se deu bem com ele. Alguns o acham irritante por ser perfeito demais: alto, atlético, bom aluno, amigo de todos... Mas o fato é que ele é realmente gente boa.

— Sabe, defendi você no conselho de classe.

— Foi muito legal da sua parte, mas não quero saber o que aconteceu...

– Vai ter que trabalhar duro no último trimestre! – diz Tom sem lhe dar ouvidos. – Todos os professores estão de acordo: você simplesmente parou de estudar no segundo trimestre!

– Sim, eu sei.

Tom está com suas anotações na mão, mas nem olha para elas. É evidente que se lembra bem do caso de Adrien, que, por sua vez, pode muito bem imaginar o que aconteceu: todos os professores devem ter falado mal dele, um verdadeiro massacre. Merecido, aliás.

– Terá que lutar, Adrien. Tem que trabalhar seriamente no terceiro trimestre!

– Vou repetir o ano, é isso?

– Não, justamente, essa é a questão.

– Como assim? Viu minhas notas? É uma verdadeira catástrofe!

– Resolveram lhe dar uma chance. Se você se aplicar no terceiro trimestre, ainda pode passar de ano. No início do ano, suas notas eram boas. Os professores me perguntaram o que tinha acontecido, então disse a eles que foi por causa do Willy e seus comparsas, que vivem ameaçando e tirando dinheiro de você.

– Disse isso? Mas não é verdade!

– O Willy está sempre provocando você, não é mesmo? E jogou seu material no pátio.

– Sim, mas...

– Foi a melhor coisa que encontrei para dizer, e o fato é que deu certo.

– Escute, Tom, é supergentil de sua parte, só que...

– Mas não teria conseguido sem o apoio da professora de história e geografia.

– Verdade?! Ela me defendeu?

Adrien não acredita no que está ouvindo. Depois do zero na prova surpresa? Depois do tuaregue desenhado na folha? Imaginou que ela fosse reduzi-lo a pó!

— Ela parecia uma Fúria, tinha que ver. Quando o professor de matemática disse que você devia ser reprovado, ela se levantou e bateu com o punho na mesa: todos tiveram um sobressalto. Depois gritou que, se não dessem uma chance para um aluno como você, ela ia falar com o diretor e entraria com um recurso na justiça comum, se fosse o caso!

— Ela disse isso?!

— Juro que sim! Nunca a tinha visto naquele estado!

— Mas por que ela me defendeu?

— Por quê? É óbvio, Adrien! Não lembra do *show* que você deu na última aula? A lição sobre o Caminho das Damas? Ficamos todos embasbacados com sua explicação! E ainda se pergunta por que a professora de história e geografia defendeu você?!

— Mas isso não tem nada a ver, foi por causa de um amigo, eu tinha pesquisado...

— Está de brincadeira, né? Foi uma coisa de louco o que você fez! Todo mundo ficou sabendo! Ela chamou todos os professores de história e geografia da escola pra ver o quadro onde você tinha desenhado o mapa; eles não conseguiam acreditar que um aluno tinha feito aquilo! Você tem talento, muito talento, seria um pecado desperdiçá-lo.

Adrien fica constrangido diante dessa avalanche de elogios. Não precisava tanto...

— Puxa, obrigado por ter me defendido.

— Eu devia essa a você, por causa da Sarah.

— Como assim?

— Ela chegou no meio do ano escolar e não tinha nenhum amigo no colégio além de mim. Então eu disse pra ela falar com você, pois sabia que seria simpático. Quando cheguei aqui ano passado, você foi o único que se aproximou de mim e me apresentou para seus amigos.

– Não fiz nada demais.

– Você faz isso sem nem pensar, é algo natural em você.

– O quê?

Tom ergue os ombros.

– Sei lá. Ser gentil. Prestar atenção nos outros.

Ao sair da escola, Adrien está completamente mergulhado em pensamentos. A professora de história e geografia defendendo-o! Nunca imaginou que isso fosse acontecer no conselho de classe. É um pouco como se seu amigo Hadrien o tivesse salvado, como se isso desse um sentido a toda essa história de cartas. Sente-se feliz, aliviado, tem vontade de dizer ao mundo todo que Hadrien o ajudou.

– E aí, sabichão!

É Willy com seus dois comparsas.

– Quer dizer que foi o herói do dia, hein? Deixou todo mundo de joelhos com seu mapinha e seu blábláblá sobre a guerra, não foi? Já eu vou repetir, sabia? E olha que minhas notas não foram piores que as suas.

Os outros alunos se demoram diante do portão, aproveitando o bom tempo. Mas quando o grandalhão do Willy começa a levantar a voz, afastam-se discretamente, olhando para outro lado.

– Eu não acho isso justo, e, além disso, parece que você fez minha caveira no conselho de classe.

– Eu... eu nem estava lá! – responde Adrien. – Não sou representante de turma.

Willy se aproxima: tem quase vinte centímetros a mais que ele. Adrien vê os *piercings* em seu nariz e os pelos de barba que começam a nascer em seu queixo.

– Pode ser, mas seu amiguinho Tom estava. Disseram que falou coisas pouco simpáticas a meu respeito. Por exemplo, que eu tinha extorquido dinheiro de você. Acredita? Logo eu, que só faço isso com os pirralhos do sexto ano!

– Isso é nojento! – grita Adrien num impulso.

– Oh, não precisa chorar, sabichão! Sabe por quê? Eu e meus amigos vamos abrir uma exceção pra você.

Os outros dois começam a rir e se adiantam para impedi-lo de fugir.

– Aposto que está cheio da grana, hein? Então pode ir dando pra gente tudo o que tiver! Agora mesmo!

– Eu... só tenho um euro pra comprar pão – diz Adrien, pondo a mão no bolso e tirando uma moeda.

– Não posso acreditar! Vocês ouviram isso? – diz Willy, virando-se para os outros dois. – Acho que o sabichão tá tirando onda com a nossa cara!

Então pega Adrien pela gola da blusa, puxa-o para si e sussurra em seu ouvido:

– Vai esvaziar seus bolsos agora mesmo. E depois vou bater em você de qualquer jeito, só pelo prazer.

Adrien sente um arrepio de terror percorrer sua espinha. O punho de Willy é tão forte que ele mal consegue respirar. De perto, seu rosto deformado pelo ódio é um espetáculo atroz, e a caspa cai em seus ombros quando começa a sacudi-lo.

– Ei, viram como ele está vermelho? Parece uma melancia!

– As melancias... são... verdes, imbecil – murmura Adrien, com a garganta apertada.

– O que foi que você disse?

O punho de Willy se abate com toda a força em seu estômago. Adrien escancara a boca, de olhos exorbitados. A dor faz lágrimas brotarem de seus olhos, e, quando Willy o solta, cai de joelhos.

Não vomitar. Sobretudo, não vomitar.

– Aposto que ainda quer mais, não é?

Então uma garota solta um grito tão alto e agudo que chega quase a perfurar os tímpanos. Tão alto que até Willy faz uma careta e tapa os ouvidos.

É Sarah.

Ao redor deles, os outros alunos olham para ela, depois se viram para Adrien. Dezenas deles. Os dois amigos de Willy saem correndo, mas ele fica ali, estupidamente, no meio de um círculo de curiosos.

– O que foi? Querem minha foto?

Os alunos recuam um pouco, mas não se dispersam. Nesse momento, Tom aparece.

– Solta ele, Willy! – grita Sarah de novo.

– Sim! Não tem vergonha de bater em alguém menor que você? – diz Tom, que é da altura de Willy.

– Quer brigar também, senhor representante? Quer brigar? – grita Willy.

Então Adrien vomita nos tênis de Willy.

De repente, a professora de história e geografia aparece e se aproxima a grandes passos. Com mão experiente, segura o braço de Willy e o puxa com tanta força que ele grita de surpresa.

– Você vem comigo agora mesmo falar com o diretor.

Alguém estende a mão para Adrien. Uma aluna o ajuda a ficar de pé, outra recolhe sua moeda e a mochila que ele tinha largado. Perguntam como ele está.

– Estou bem, obrigado – ele consegue balbuciar.
– Consegue andar? – pergunta Sarah. – Quer dar uma passada no pronto-socorro? Fica aqui do lado.
– Acho que não vai precisar.
Tira sua carteira e guarda a moeda.
– Ei, deve ter pelo menos uns quinze euros aí dentro! – exclama Sarah.
E cai na risada.

Ao voltar pra casa, uma carta o espera sobre a mesa da cozinha. Um envelope com selo estranho, escrito à pena e com tinta preta...

Capítulo 18

28 de maio de 1914

– Bom dia, Hadrien. Vá buscar algumas vagens de ervilha para a sopa, por favor.
– Mas eu acabei de levantar...
– Vista-se e vá logo, então!

No café da manhã, Hadrien ainda está com os olhos meio fechados: estudou até tarde na véspera, e despertar não é fácil. Deitar às onze, acordar às seis... Faz duas semanas que essa é sua rotina.

É quinta-feira, um grande dia: vai fazer o teste com Lucien e dois outros colegas. O prefeito emprestou seu gabinete para a ocasião. No dia anterior, tinham levado para lá quatro carteiras, nas quais os alunos farão a prova. É estranho entrar naquele lugar solene; Hadrien nunca tinha posto os pés ali.

De quatro na horta, à procura das vagens de ervilha, que mal consegue enxergar à pálida luminosidade do dia que ainda está nascendo, Hadrien aproveita para recitar os nomes dos departamentos franceses:

– Cantal, Charente, Charente inférieure, Cher, Corrèze, Corse, Côte-d'Or, Côtes du Nord...

Sabe os oitenta e seis departamentos de cor, assim como os da Argélia: Argel, Oran, Constantine e os

Territórios do Sul. Esses últimos o fazem sonhar: imagina o deserto, os berberes com turbantes azuis em cima de seus camelos... ou serão dromedários? Se for a Paris, talvez veja alguns dos animais fabulosos que só conhece através das gravuras do seu livro de ciências naturais.

Com cara de poucos amigos, Lucienne sai da casa com uma cesta debaixo do braço, repleta de roupas que vai bater na lavanderia. Volta e meia ela anuncia que se casará com um homem rico, que terá empregados para lavar a roupa no lugar dela. Será que na época de Adrien existem máquinas para fazer esse tipo de tarefa chata?

– Hadrien, você arrancou um pé! – grita ela.

– Não conte para o papai, senão vai se ver comigo! – ameaça ele.

– Para quem não quer que ela diga nada? – troveja a voz grossa do pai às suas costas.

– Ééé... para mamãe...

– Que tal me ajudar a tirar a idiota da Biquette do estábulo? Ela não quer saber de nada esta manhã – propõe o pai, de bom humor.

Hadrien está a ponto de reclamar; a prova começa às nove horas e ainda queria estudar um pouco mais. Mas resolve ficar quieto: desde o enterro de Albert, as coisas andam bem com seu pai. Ele o deixa estudar para o certificado, embora nunca mais tenham falado sobre o pequeno liceu desde a visita do professor. Hadrien fica feliz em recuperar um pouco de cumplicidade com o pai, talvez acabe conseguindo dobrá-lo... Por um instante, ocorre-lhe a ideia de falar sobre a guerra, mas logo decide deixar para lá. Simone não acredita muito nele; o professor, nem um pouco, imagina seu pai! Adrien lhe enviou uma segunda carta completamente alarmante a esse respeito, mas Hadrien não sabe o que fazer e fica perplexo só de imaginar Corbeny debaixo de um bombardeio. Mas o que pode fazer? Ele, um garoto de 13 anos? Ainda mais se ninguém acreditar em sua palavra... Sabe que tem até o dia 3 de agosto para encontrar uma solução, mas tem tantas coisas a fazer que adia a questão sempre para mais tarde. No fundo, tem vontade de acreditar mais no professor e em Jules do que em seu amigo do futuro... A guerra? Aqui? Parece tão absurdo...

Quando finalmente a cabra teimosa sai do estábulo, depois de Hadrien empurrá-la por trás enquanto seu pai a puxava, praguejando, voltam para casa e tomam juntos uma tigela de café de chicória. Não têm nada especial a dizer, simplesmente curtem o momento, e Hadrien parte de coração leve para fazer a prova.

No gabinete do prefeito, faz um calor quase sufocante; os primeiros dias de maio trouxeram um sol muito bem-vindo para as plantações, mas duro de suportar na sala escura repleta de livros. O prefeito em pessoa fez questão de recebê-los, e sussurra no ouvido de Hadrien:

– Quem sabe um dia você ocupe esse lugar...

Hadrien fica ainda mais animado: voltar a Corbeny depois dos estudos, ampliar a propriedade familiar, é esse o seu sonho. Tornar-se prefeito e ajudar Corbeny a se desenvolver seria mesmo magnífico, mas se lembra de Adrien e o sonho logo se desfaz. Nada daquilo poderá se tornar realidade, a guerra vai destruir tudo!

Faz que sim com a cabeça, com um sorriso pouco convincente, pensando, horrorizado, que o prefeito e todos os outros moradores perderão suas casas, suas plantações, talvez a vida!

Uma parte do gabinete está em reforma, e as quatro carteiras ficam bastante juntas. Contudo, nenhum dos candidatos tenta colar; todos têm consciência do que está em jogo, e o professor Julien os vigia com o canto do olho, encostado à janela com um romance nas mãos.

Quando ergue a cabeça, Hadrien capta seu olhar atento, um pouco preocupado. Embora seja apenas um treinamento, será o único. A próxima vez será para valer, e um bom resultado agora é fundamental.

O ditado não apresenta maior dificuldade, é uma carta aos estudantes da Alsácia para denunciar a dominação dos alemães. Hadrien hesita um pouco, não tem certeza se deve escrever "revolução" com "r" maiúsculo ou minúsculo. A parte de matemática lhe parece simples, mas o tema da redação o pega de surpresa: "Seu professor lhe disse para amar e respeitar as árvores. Por que devemos considerá-las como amigas? Qual a utilidade delas?". A utilidade ele conhece bem, mas considerar uma árvore sua amiga lhe parece mais complicado. Pensa então em seu único verdadeiro amigo, Adrien, e o imagina como um carvalho, uma presença tranquilizadora e sólida mesmo quando açoitada pelo vento ou pelos idiotas que gravam suas iniciais em seu tronco. Adrien continua ali, firme e forte, projetando sua sombra suave e paciente, propiciando a Hadrien um sentimento de serenidade que ele nunca conheceu antes. Acaba pegando gosto pelo tema e, ao colocar um ponto final na redação, sente orgulho do que escreveu. Chega cheio de ânimo para as provas orais da tarde. É o primeiro a ser sabatinado. Recitação de um poema de Baudelaire e lição de história sobre as guerras de religião. Tem a impressão de se sair bem em tudo. Quando deixa o gabinete, os três outros candidatos olham para ele com inveja: terminou sua parte e está aliviado, pode aproveitar o resto da tarde. Lucien o ignora com desdém quando conta o que caiu em suas provas, intervindo apenas para desqualificá-lo:

– Baudelaire? Isso é fácil! E as guerras de religião? Aposto que disse um monte de asneiras! Você vive de papinho com sua amiguinha na igreja, em vez de ouvir os sermões do pároco!

– Como se nos sermões ele desse lições de história! – zomba Hadrien, saindo para evitar uma nova briga com Lucien.

Duas horas de liberdade! Em vez de voltar para a fazenda, passeia um pouco pelo vilarejo, observando a atividade dos comerciantes. No café, os velhos conversam em dialeto, reclamam, se queixam. Hadrien pensa mais uma vez, com angústia, nas palavras de Adrien: "*Não restará nada da sua casa, das plantações do seu pai e de todo o resto*".

Segundo o amigo, os alemães invadirão a região, ocuparão Laon e haverá combates em Corbeny. Tudo será destruído, só restarão ruínas, os homens lutarão, e as mulheres, os velhos e as crianças terão que partir, abandonando suas fazendas e seus animais.

Agora que fez o teste, esses horríveis pensamentos invadem sua cabeça. Mas não é possível, aquilo tudo não pode simplesmente desaparecer! Tenta se convencer de que Adrien inventou tudo e, decidido a não estragar seu tempo livre ruminando essas ideias, vai visitar Jules. Este, porém, está muito ocupado ferrando um cavalo para conversar com ele. Resolve então ver Simone. Ela o recebe com frieza, no vão da porta, sem convidá-lo para entrar.

– Ora, ora, finalmente lembrou que eu existo?

– Mas, Simone, eu...

– "Eu tinha que estudar para o teste!" – ela diz imitando a voz dele. – Faz semanas que não vem me ver! Desde a morte de Albert, só vi você três vezes!

– Sinto muito – responde Hadrien constrangido.

– Você só pensa em si mesmo! – exclama Simone com lágrimas nos olhos. – É tão egoísta quanto seu pai!

– Mas foi você mesma que disse para eu me concentrar nos estudos, para não desistir e ir até o fim! – replica Hadrien, tocado na ferida.

– Só que também não precisava me abandonar completamente!

– Por que vocês, garotas, têm que ser sempre tão complicadas?

– Quer dizer que agora você convive também com outras garotas, é isso? – exclama Simone à beira de um ataque de nervos.

– Não é isso! O que você está imaginando? Pensei na Marion, a garota de que o Adrien, meu amigo do futuro, gosta.

– Seu amigo do futuro? Você está maluco, Hadrien, completamente maluco.

Hadrien está arrasado. Nunca brigou assim com Simone, e agora ela o chama de egoísta e de maluco! Aperta os dentes para não chorar e pensa com força, com toda a força em Adrien e no que ele lhe contou sobre sua briga com Marion. Não pode se indispor com Simone, não hoje! De repente, só tem uma coisa na cabeça: Simone está em perigo, sua família também, e nada mais tem importância.

Um longo silêncio envolve os dois, como uma echarpe de vento gelado. Simone suspira, e Hadrien pega sua mão com delicadeza, fazendo uma centelha brilhar nos olhos da namorada.

– Simone, por favor... me diga por que está zangada comigo.

– Porque... – responde ela com uma voz triste e suave. – Porque você já não pensava muito em mim por causa do certificado, e agora, desde que começou a se corresponder com esse Adrien, tenho a impressão de que nem existo para você, quase não fala mais comigo... Não sei o que fazer, não tenho pai, minha mãe está definhando desde a morte de Albert, e Jules só pensa em seu novo trabalho. Eu me sinto tão sozinha...

– Me desculpe, Simone. É verdade, Adrien se tornou muito importante em minha vida, é um amigo fiel e generoso. Mas não precisa ficar com ciúme: ele me ajudou a compreender que você é bem mais que uma amiga e...

Hadrien se ajoelha de repente.

– Quero que seja minha esposa quando formos adultos, quero que esteja sempre junto de mim e que venha comigo a Laon. Eu amo você, Simone.

Quando volta para casa, Hadrien sente o coração mais leve e tem a impressão de que, no final das contas, encontrará um jeito de ser feliz. Graças a Adrien.

Abre a porta decidido a fazer o seu melhor para ajudar seu pai e persuadi-lo, talvez com sua atitude exemplar, a deixá-lo frequentar o pequeno liceu e levar Simone, que lhe disse sim, com ele. Na cozinha, sua mãe e Lucienne observam Marthe caladas e consternadas. Uma forte tosse rasga o silêncio: a pequena está doente.

    Meu querido amigo,

    Estou muito preocupado, porque agora é Marthe, minha irmãzinha, que está doente. O tempo urge, e espero que você possa me ajudar. Ela apresenta os mesmos sintomas de Albert, o irmão de Simone, e minha mãe pediu à tia Jeannette para vir nos ajudar. Ela deve chegar daqui a pouco. O médico já passou de manhã, falou de "pneumonia" e disse que seria melhor hospitalizá-la. O único jeito vai ser pedir ajuda a meu avô, o que pretendo fazer, mas ele está em Paris e imagino que não vai poder vir antes de uma semana ou dez dias.

    Será que dessa vez você poderia me enviar remédios do futuro?

    Agradeço desde já, e espero que não seja complicado. Pelo que entendi, não é tão difícil tratar uma pneumonia na época em que você vive. Gostaria de ver isso... As pessoas vivem mais? Entre nós, chegar aos 60 anos já é muito. Mas basta de curiosidades, preciso postar esta carta o quanto antes,

    Um grande abraço, meu amigo,

                                Hadrien

No momento de fechar o envelope, tem uma ideia súbita. Está aí a solução para salvar sua família: uma carta, uma simples carta.

Sabe agora como salvar todos da guerra, é tão óbvio! Pega outra folha branca e começa a escrever:

Querido avô,

Espero que leia esta carta o quanto antes. Marthe está gravemente doente e pode até morrer se não for hospitalizada logo. Mamãe está grávida, e receio por sua saúde também. Precisamos de você. Venha nos buscar, por favor, e nos leve a Paris, para que elas fiquem em segurança.

Seu neto,
Hadrien

Sabe que a carta chegará tarde demais para que seu avô possa ajudar Marthe. Mas sabe também que, assim que a tiver em mãos, ele virá em pessoa para levá-los. Desde que Marthe aguente...

Oh, Adrien, ele pensa, *preciso realmente da sua ajuda!*

Sela as cartas e deixa o olhar passear pela cozinha. Fica tudo tão silencioso sem a alegria de Marthe... Por enquanto, sua mãe a deitou perto do fogo, para que não sinta frio. À noite, a coloca para dormir na cama de Hadrien, que é mais confortável, e ele deita numa esteira ao pé dela. Ele não dorme direito, fica escutando sua respiração difícil e sente medo. Medo da doença, medo da guerra, medo da morte. Terá que achar um jeito de levar Simone com eles, não pode deixá-la ali...

Capítulo 19

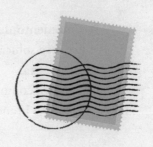

1º de junho de 2014

Em seu quarto, Adrien anda para lá e para cá como um tigre na jaula. Depois da morte de Albert, Marthe está com pneumonia, e isso o deixa louco.

Nunca viu essa menina... mas, esticando o ouvido, ouve sua própria irmãzinha, Éloïse, brincando em seu quarto. Ela se recuperou muito bem da escarlatina, mas o que teria acontecido sem os remédios? Se nem sequer *existissem* antibióticos?

Pesquisou na Wikipédia sobre "pneumonia" e "pneumopatia" e ficou ainda mais preocupado. Marthe pode morrer em uma semana, se não for tratada. A carta de Hadrien data do dia anterior, e ela já estava doente. Quanto tempo de vida ela ainda tem? O tratamento básico são os antibióticos clássicos, Amoxicilina ou Augmentin: lembra que tomou isso várias vezes quando criança, tinha um gosto de banana. Ou está confundindo com outro remédio?

O telefone vibra em seu bolso. Mensagem de Sarah.

> Está melhor? Quer que eu passe aí na sua casa?

Responde na mesma hora:

> Estaria melhor se você tivesse trinta doses de Augmentin pra me arranjar.

Resposta:

> O antibiótico? Você está doente?

Adrien digita em dois segundos:

> Eu não, mas a irmã de Hadrien sim. Talvez ela morra.

Espera a resposta por um momento: nada. Sarah deve ter desligado o celular. Pela quarta vez desde que recebeu a carta de Hadrien, vai ao banheiro, abre o armarinho-farmácia e coloca todas as caixinhas na pia para examiná-las: Biafine, Aspirina, Spasfon... Toda uma coleção de Paracetamol: para crianças, adultos, comprimidos, pastilhas efervescentes... Um antisséptico fora da validade, gaze, uma velha pomada de arnica, esparadrapo... E só. Depois da escarlatina de Éloïse, sua mãe deve ter jogado fora os antibióticos que sobraram.

"Driiiing!" É a campainha.

Sua mãe está no jardim, e é sua irmãzinha que corre para abrir.

– Adrien! – ela grita lá de baixo. – Visita para você, é uma menina!

Talvez seja Marion... Seu coração logo dispara. Éloïse sobe a escada correndo e passa voando por ele:

— Ela é bonita! É sua nova namorada?

Alarme falso: se fosse Marion, Éloïse a teria reconhecido.

— Eu não tenho namorada — responde ele com um sorriso triste.

Desce a escada e se vê diante de Sarah, de tênis e moletom. Está um pouco sem fôlego, e seus cabelos ruivos estão em desordem, como de costume.

— Eu estava correndo um pouco aqui perto, então... Isso que é amiga!

— Obrigado por ter vindo! Quer dizer que costuma correr?

Ela dá uma gargalhada:

— Uma vez a cada seis meses, em média! Adorei que você tenha me dado um pretexto para interromper a corrida! Aliás, trouxe junto alguém que estava querendo notícias suas.

Marion surge por trás de Sarah. Seus cabelos cacheados, sua pinta, seus olhos cor de avelã... Pelo espaço de um segundo, o mundo para.

— O que houve, Adrien? — pergunta Sarah. — Está tão pálido!

— Então — diz Marion —, seu amigo de 1914 respondeu finalmente?

Adrien olha com desconfiança para ela.

— Por quê? Agora acredita na existência de Hadrien? Não disse que eram apenas velhas cartas extraviadas? Que eu andava inventando coisas?

Ela ergue os ombros.

— Já não sei mais nada, Adrien. A única coisa que sei é que isso é importante pra você, e, no fundo, é o que conta, não? Posso ver a carta?

Adrien estende a carta para ela.

— A irmãzinha dele está com pneumonia — diz.

– Essa não! – exclama Marion, embaraçada.

– Compreende o que isso significa pra eles? Um outro menino acaba de morrer disso no vilarejo. Eles não têm remédios nem hospital. Talvez eu pudesse salvá-la se conseguisse enviar antibióticos pelo correio.

– E o que está esperando? – pergunta Sarah.

– Não tenho como! São remédios de venda controlada, não dá pra comprar sem receita!

Enquanto Marion lê a carta, Sarah diz:

– Já sei! Vou dizer ao meu pai que estou doente. Depois represento uma pequena tragicomédia para o doutor e ele vai me prescrever antibióticos.

– Obrigado, mas acho que não vai dar certo. Primeiro porque levaria muito tempo, e Marthe pode morrer a qualquer hora, tenho que enviá-los o quanto antes. Além disso, ela precisa de um tratamento pesado, de ao menos dez dias.

– Tem razão – responde Sarah franzindo as sobrancelhas. – Não vai ser fácil.

– E se eu simplesmente fosse falar com o farmacêutico e lhe pedisse gentilmente? – diz Adrien.

– Pedir o quê? – retruca Marion. – Que lhe dê três caixas de antibióticos para enviar a uma garotinha de 1914? Ele ia achar que você é pirado... Não, sei o que temos que fazer.

Olha para o relógio.

– Ainda temos meia hora antes que as farmácias fechem. Venham comigo!

– Adrien! – grita Éloïse do alto da escada. – Você vai sair?

– Diz pra mãe que eu já volto!

– Sua irmãzinha é muito fofa – diz Marion. Depois sorri e acrescenta: – Aposto que ela faz você pensar na Marthe...

– O tempo todo, desde que recebi a carta – murmura Adrien.

Saem para a rua e Sarah pergunta:
— Então, o que vamos fazer?
— Muito simples, vamos roubar uma farmácia! — responde Marion.
— O quê?! — exclama Adrien. — Está... falando sério?!
— E por acaso você vê algum outro jeito? Vamos logo, não temos tempo a perder!
— Genial, Marion! — diz Sarah, rindo. E acrescenta para Adrien: — Não fiz bem em trazê-la?
Na rua, Sarah não para de falar de Tom, de antibióticos, do colégio e de mil outras coisas, enquanto Adrien saboreia em silêncio a felicidade secreta de estar ao lado de Marion.
— Vamos à farmácia da estação de trem — diz esta. — Lá não vão nos reconhecer.
A farmácia está deserta, mas sua cruz verde ainda pisca.
— Agora se preparem, vamos fazer um pouco de teatro — diz Marion.
— É comigo mesma! — responde Sarah.
— Vai representar o papel da doente. Você tem asma, não? Então é só simular uma crise.
— Que história é essa? — resmunga Adrien.
— Quer ou não quer salvar a Marthe?
— É claro que eu quero salvá-la!
— Então escute: eu vou representar o papel da maluquinha!
Como Adrien e Sarah não parecem ter compreendido, Marion explica:
— Vou correr para dentro do balcão, vou gritar bem alto, derrubar remédios e criar confusão.
Adrien fica de boca aberta.
— Você? Vai fazer isso por mim?
— Claro, você é meu melhor amigo! — E acrescenta, antes que ele tenha tempo de protestar: — Enquanto isso,

você vai aproveitar a confusão pra pegar o remédio atrás do balcão.

– Desculpa, mas isso nunca vai funcionar! – diz Adrien balançando a cabeça.

– Eu acho que vai – diz Sarah com um sorriso. – Mas tenho uma sugestão: eu é que vou representar a maluquinha, é um papel sob medida pra mim. Marion, você simula uma crise de asma. Vai ver, é fácil.

E ao dizer isso, empurra Marion para dentro da farmácia. Surpresa, esta começa a titubear e a respirar com dificuldade. Então se joga no chão e mexe os braços. Imediatamente, um senhor idoso, de jaleco branco, vem em seu socorro.

– Crise de asma! – murmura Marion, simulando o sufocamento com perfeição. – Preciso... de uma bombinha!

Mas enquanto o farmacêutico corre para o balcão, Sarah entra gritando e pulando como um canguru. Derruba caixas de dentifrício, xampus e o que vê pela frente.

– Ei, o que está fazendo? Dê o fora daqui ou chamo a polícia!

Tenta segurá-la, mas Sarah é ágil como um gato e escapa com facilidade. Enquanto isso, Adrien continua boquiaberto no vão da porta, até que recebe um chute na canela: é Marion, deitada no chão, que chama a sua atenção.

– O que está esperando? A hora é agora! Pense na Marthe!

Marthe! Ele pula para trás do balcão sem ser visto pelo farmacêutico, que continua ocupado correndo atrás de Sarah. Então passa para uma pequena sala com as paredes inteiramente cobertas por gavetas classificadas por letras e códigos.

É enorme, há centenas de gavetas! Como vai achar o que está procurando?

Abre e fecha as gavetas ao acaso, vasculha, procura caixas com nomes terminados em "ina", como os antibióticos costumam ter. Tenta compreender a classificação, ver se tem um lugar reservado aos medicamentos para crianças. Mas, mesmo subindo numa escadinha para alcançar as gavetas mais altas, não encontra o que busca. A classificação não é por ordem alfabética, impossível compreender qual é a lógica! Tenta desesperadamente se lembrar da cor e do formato das caixas de Augmentin que Éloïse tomou, mas tudo se embaralha em sua cabeça.

Ouve um barulho de passos atrás de si e, para não ser pego, volta para o outro lado do balcão de mãos vazias. Uma senhora gorda aparece com um *spray* de pimenta na mão e arregala os olhos ao constatar a bagunça feita por Sarah.

— Que confusão é essa?! — grita com voz tonitruante.

O farmacêutico está debruçado sobre Marion, aspergindo Salbutamol em sua boca, enquanto Sarah continua a correr e a gritar.

— Você, ô sua maluca! Saia daqui agora ou vou lançar pimenta na sua cara! — diz a senhora, agitando o *spray*.

Sarah desaparece na mesma hora. *Ferrou!* Pensa Adrien. *Perdi a oportunidade!* Sempre com o *spray* na mão, a senhora começa a recolher os frascos, caixas e tubos...

— O que deu na sua cabeça? — diz a seu marido. — Deixou essa pirralha bagunçar toda a nossa farmácia!

Ele se levanta, vermelho de raiva.

— O que queria que eu fizesse? Uma menina estava tendo uma crise de asma na porta da farmácia!

De repente, a senhora percebe a presença de Adrien.

— E você, o que quer?

— Eu... eu queria três caixas de Augmentin infantil em sachês, por favor. É para a minha irmãzinha — ele responde, tentando controlar a tremedeira de suas mãos.

– Vai ter que esperar. Como pode ver, estou muito ocupada.

– Deixe comigo – diz o velho à esposa, deixando a bombinha de Salbutamol com Marion. – Eu cuido disso. Tente arrumar um pouco essa bagunça.

Vai até o balcão e volta com três caixinhas numa sacola plástica.

– Pronto, aqui estão os antibióticos. Está com a carteirinha de saúde dela aí?

Adrien pega a sacolinha, deixa uma nota de vinte euros no balcão e sai dizendo:

– Fique com o troco! Estou com pressa!

– Você nem pediu a receita, seu imbecil! – diz a senhora gorda para o farmacêutico.

– Hein? Mas nem tive tempo!

Adrien já está correndo na rua quando o velho sai da farmácia e grita:

– Espere aí, garoto! Preciso da receita!

No final das contas, Adrien tinha razão: bastava pedir gentilmente...

Cinco minutos depois, encontra Sarah na esquina da avenida. Leva algum tempo até ela controlar o riso e conseguir falar.

– Você realmente escolheu bem sua namorada, ela é incrível! Agora entendi por que gosta tanto dela.

– Ela não é minha namorada.

– Ainda não – diz Sarah. – Mas vai ser, vocês ficam muito bem juntos.

Marion pergunta pelo celular:

> E aí, a quem vai agradecer?

Tinha pegado outro caminho, para evitar suspeitas. Adrien responde com um sorriso:

> À Sarah, que vai ter que evitar essa farmácia pelo resto da vida.

Nova mensagem de Marion:

> E eu, seu ingrato?

Então ele escreve:

> Obrigado por ter acreditado em mim, Marion.

Quando volta para casa, tira os sachês das caixinhas e os coloca num grande envelope forrado de plástico bolha junto com a bula. Escreve o endereço de Hadrien, cola todos os selos que ainda tem e todos os que encontra na escrivaninha de sua mãe: uma verdadeira parede de selos.

Escreve poucas palavras:

Querido Hadrien,
Se quer salvar a vida de Marthe, dê a ela esse remédio por dez dias, seguindo exatamente o que está escrito na bula.

Seu amigo,
Adrien

Capítulo 20

4 de junho de 1914

Faz dois dias que Hadrien está como um leão na jaula. Anda em círculos, começa a selecionar as últimas batatas do ano passado, para no meio e vai capinar em volta das novas plantas com fúria. Quando está com terra até nos cabelos, volta para casa, mas se atrapalha, reclama e se irrita até que a mãe o pega pelo braço:

— Chega, Hadrien: está me irritando, irritando sua irmã e não fazendo nada direito. Vá passear um pouco pelo bosque, preciso de sálvia para a febre da Marthe.

— Sálvia? Mas isso não adianta nada, mãe!

— E o que você quer que eu faça? Os remédios que o médico deu são inúteis. Tia Jeannette passou aqui hoje de manhã e disse que também não tem como ajudar.

— Adrien vai me enviar outros remédios, mais eficazes — afirma Hadrien. — Não deve demorar, faz quatro dias que mandei a carta!

— Adrien? Mas você nem sabe quem ele é!

— Sei sim! É meu amigo!

— Escute bem: sei que quer ajudar sua irmã, que fica triste por vê-la assim, mas já passou da idade de ter amigos imaginários!

— Mas... mãe! Você viu as cartas!

– Vi, mas não consigo entender quem é esse garoto. Só que uma coisa é certa: ele não é seu primo, e eu não aguento mais ver você andando em círculos à espera do carteiro! Vá passear ou estudar no seu quarto, faça o que bem entender, mas não quero ver você aqui antes do meio-dia.

Hadrien sabe que não adianta insistir. Pega uma cesta e decide convidar Simone para ir procurar sálvia, pois sempre tem medo de se enganar de planta; também quer tirá-la um pouco de casa. Antes, porém, faz um desvio e passa na casa do ferreiro para ver Jules.

– Vai ver a Simone? Ela está em casa.

– Sim, quer vir junto?

– Não, ainda tenho trabalho a fazer. Leve-a para passear, ela anda trabalhando como uma louca.

– E o que quer que ela faça? – replica Hadrien. – Sua mãe não faz mais nada e você não para em casa!

– Minha tia se ofereceu pra cuidar da minha mãe na fazenda dela, em Craonne. Simone é que não quer, acha que ainda pode mudar o rumo das coisas. Mas nossa mãe enlouqueceu desde que Albert se foi, não há o que fazer. Ela já estava frágil desde a morte do meu pai, e agora isso... Não sei, parece que a destruiu por dentro, entende o que quero dizer?

– Sim, acho que sim.

– É por isso que tenho me concentrado no trabalho. Sei que não há o que fazer e que ela estaria melhor com a irmã mais velha – conclui Jules com voz firme.

– E a Simone?

– Ora, está pensando que eu não sei? Você a convidou pra ir morar na cidade, e eu acho uma ótima ideia – responde Jules. E acrescenta com uma piscada: – Só tem que convencê-la.

Hadrien não diz nada, não está para brincadeiras. Ao ouvir Jules, volta a pensar nas palavras de Adrien.

Segundo ele, nenhum vilarejo da região estará a salvo, a mãe de Simone correrá em Craonne o mesmo perigo que corre ali, em Corbeny. Jules também... e todos os outros. Sabe que não pode obrigar todo mundo a se mudar explicando que um garoto do futuro lhe falou de uma guerra que ainda está para acontecer. Seria ótimo se pudesse, mas como? Então se fixa em sua própria família e em Simone: primeiro, salvar Marthe da doença; depois, convencer a família a ir para Paris com seu avô.

Mergulhado em pensamentos, bate à porta de sua amada. A atmosfera ali também está horrível. Apesar do calor do mês de junho, tem a impressão de congelar até os ossos quando entra na casinha; a mãe de Simone chora da manhã à noite, praticamente não faz mais nada. Desde que Albert foi enterrado, seu estado só fez piorar.

Ao vê-lo passar pela porta, Simone se joga em seus braços. Hadrien esboça um sorriso.

– Hadrien! Como está a Marthe?

O sorriso logo se apaga de seu rosto.

– Mal, não para de tossir, a febre não baixa, e ela está delirando. Exatamente como...

Simone põe o dedo em seus lábios.

– Shhh... mamãe pode ouvir – sussurra. Depois, mais alto: – O que está fazendo com essa cesta? Vai colher morangos silvestres? Parece que estão maduros!

– Não, preciso colher sálvia para Marthe.

– Eu vou com você!

Logo saem dali, encontrando na presença um do outro um pouco de conforto.

– Vamos ao bosque da estrada de Reims? Assim poderemos ver se o carteiro passar!

— Então acredita em mim quando falo do Adrien? — diz ele, enquanto caminham em direção ao bosque.

— Se você acredita, eu acredito — ela responde, colocando sua mão na dele.

De repente, sente vontade de beijá-la.

— Quando falei dele ao professor e à minha mãe — murmura —, eles me trataram como um doido varrido.

— Não seja bobo! São adultos da cidade, acham que sabem tudo, mas esqueceram que nem tudo pode ser explicado. Eu acredito que existe um pouco de magia neste mundo, então por que esse primo do próximo século não existiria?

— Já contei para você o que ele disse sobre essa guerra que acontecerá em breve — prossegue Hadrien. — Para salvar minha família, fiz o que era preciso: pedi ao meu avô que leve todo mundo para Paris, para completar o tratamento de Marthe.

— Assim sua mãe e o bebê ficarão a salvo!

— Sim, mas antes disso, espero receber os remédios de Adrien, porque minha irmã não vai aguentar mais dez dias. Só o que ainda me preocupa é você: terá que partir também, não pode ficar em Corbeny! Deixe sua mãe ir pra casa da irmã dela e pegue um trem até Paris!

— E como pagarei a passagem? E onde ficarei em Paris?

— Ainda não sei — admite Hadrien. — Mas vou encontrar uma solução. Prometa apenas que partirá quando eu a encontrar.

— Combinado. Já que vai embora, irei junto com você. Mas deixe eu ficar mais alguns dias com minha mãe. Talvez sejam os últimos que viverei aqui no vilarejo.

— Voltaremos para cá depois da guerra.

— Mas disse que tudo vai ser destruído!

— Nós reconstruiremos.

Cheios de esperança, logo deixam a colheita dos minúsculos morangos, pegam algumas folhas de sálvia e se sentam na mureta, à beira da antiga estrada romana, para esperar o carteiro. Finalmente ele chega, e fica muito surpreso por ver os dois ali.

– Ora essa, meus pombinhos, o que estão fazendo aqui?
– Tem um pacote pra mim, senhor?
– E não é que tenho mesmo? E ele me deixou bastante intrigado. Garanto que não estava lá quando fiz a triagem de manhã, e depois, procurando outra encomenda, topei com ele. Não dá pra acreditar!

Hadrien se impacienta enquanto o carteiro prageja vasculhando os alforjes da bicicleta.

– Ah, aqui está! – exclama estendendo para Hadrien um pequeno pacote. – Assim já me livro disso! Até à vista, pombinhos.

∽

Depois de abraçar Simone, Hadrien volta para casa correndo. Só para diante da porta para abrir o pacote e a carta que ele contém: lê o bilhete de Adrien e a bula. Não entende muito bem o que significa aquela lista de efeitos colaterais, mas decora a posologia: diluir o conteúdo de um sachê, três vezes por dia, durante dez dias. Nem vai avisar a mãe, ele mesmo dará a medicação a Marthe.

– Mãe! – grita ao entrar. – Trouxe a sálvia!
– Hadrien, está atrasado! – exclama o pai, de cara fechada.
– Sinto muito, pai, eu...
– Está bem, vamos para a mesa daqui a cinco minutos – intervém a mãe.

Hadrien vai logo dar um copo d'água a Marthe, dentro do qual dilui, discretamente, o primeiro sachê. A pequena não demonstra nenhuma dificuldade em tomar: está tão fraca que basta ir colocando o líquido devagarinho em sua boca.

~

Hadrien prossegue o tratamento antes de cada refeição até o dia seguinte, à noite, sem que nada pareça melhorar.

Mas, na outra manhã, quando acorda, a casa está em silêncio: Marthe não está tossindo. Levanta num pulo e vai imediatamente olhar a irmã: e se a tiver matado com esse remédio do futuro? E se ele não for adaptado à época em que vivem? Ou se tiver se estragado durante a viagem? Mas a pequena está respirando normalmente! A febre baixou, seu rosto está menos vermelho, e os cabelos não estão mais colados à testa pelo suor. Está começando a melhorar!

– Hadrien, estou com sede – murmura Marthe.

– Claro, vou buscar água pra você!

Hadrien agora pula de alegria e entra como um pé de vento na cozinha.

– Marthe está melhor! Funcionou!

Seu pai está ali e olha para ele perplexo.

– Como assim, "funcionou"? O que você fez? – grita, correndo para o quarto de Hadrien, onde está Marthe, seguido por Lucienne e sua esposa.

– Eu... eu a mediquei – diz Hadrien, ainda atônito com o sucesso do tratamento.

– É verdade! Ela está sarando! – exclama o pai, que desceu correndo as escadas.

– Graças a Adrien! – exclama Hadrien.

– O que ele tem a ver com isso?

– Ele me disse como curá-la e me enviou remédios! É um pozinho com um gosto estranho. Estou dando pra ela três vezes por dia e... ela está melhorando!

– Hadrien, você salvou sua irmã! – exclama o pai.

Aproxima-se e abraça o filho com força. Hadrien quase não consegue acreditar na cura de Marthe, na alegria de seu pai e em seu acesso de ternura.

E como as coisas boas andam sempre juntas, outras surpresas positivas o aguardam: na escola, o professor tem os resultados do teste. Depois de um pequeno discurso sobre o certificado e a importância dos estudos, ele finalmente distribui as provas corrigidas.

– Quanto você tirou? – perguntam alguns alunos.

– Deixa eu ver... – responde Hadrien, calculando o total. – Eu... eu consegui!

– E com louvor – acrescenta o professor, feliz por vê-lo calcular tão rápido. – Se daqui a três semanas você for tão bem como desta vez, vai conseguir a bolsa!

Só vai continuar faltando o consentimento do pai... Mas quem sabe? Tudo é possível. Nem mesmo Lucien, pavoneando-se com o meio ponto a mais que obteve, estraga seu bom humor. Sente-se com energia para grandes conquistas e volta correndo para casa a fim de anunciar a boa notícia. Há um carro diante da casa. Hadrien entra: toda a família está reunida, inclusive Marthe, sentada nos joelhos do visitante.

– Vovô!

– Bom dia, Hadrien!

– Finalmente o senhor veio!

– Isso é jeito de receber seu avô? – pergunta sua mãe, constrangida.

– Desculpa, é que... tenho uma boa notícia para vocês!

– Sim, Marthe está melhor – diz o avô –, e, pelo que seu pai disse, você tem algo a ver com isso.

– Não, quer dizer, sim, mas tem outra coisa: passei com louvor no teste!

– Oh! Parabéns, querido!

– É mesmo uma excelente notícia – confirma o avô.

Hadrien observa o pai, que permanece em silêncio e está com uma cara péssima.

– Tirei notas excelentes: se mantiver esse nível no exame de verdade poderei obter uma bolsa.

– E o que acha de fazer seu exame final em Paris? – intervém o avô. – Vim aqui para levar você, sua mãe e suas irmãs pra lá.

– E o papai?

Faz-se um longo silêncio na cozinha. As crianças observam os adultos, que evitam se entreolhar.

– Eu vou ficar – responde o pai. – Os animais não podem ficar sozinhos.

– Como já disse, podemos arranjar alguém para cuidar da fazenda, assim você poderia vir conosco. Estou preocupado com a situação internacional. As eleições não alteraram em nada a política do governo, que continua a armar a França e a aumentar os impostos para financiar a guerra.

– Este é o meu lugar, nasci aqui e não deixarei esta casa. Leve minha esposa e meus filhos, se quiser, mas não vai me tirar daqui.

A mãe de Hadrien abaixa a cabeça. Grandes lágrimas escorrem em seu rosto. O avô não diz nada. Marthe arregala os olhos. Lucienne parece perdida e se gruda na mãe.

Deixar Corbeny imediatamente? E Simone? E... seu pai? Hadrien não tinha previsto isso.

Respira fundo, levanta-se e diz com voz firme:

— Partam sem mim, levem Simone no meu lugar, ela quer aprender costura na cidade.

— Quem é essa Simone? — pergunta o avô, espantado.

— É minha noiva — responde Hadrien com orgulho. — Por favor, leve-a e encontre um lugar pra ela em Paris, ela quer aprender costura.

— A noiva do meu neto... — murmura o avô com uma expressão feliz. Depois, fecha a cara e pergunta: — Mas e você, Hadrien?

— Eu ficarei com papai. Quero obter meu certificado aqui e ajudar na colheita. Irei para Paris no fim de julho, antes que...

— Antes que o quê? — exclama a mãe, enquanto um sorriso se esboça no rosto do pai.

— Antes do mês de agosto — acrescenta Hadrien, prometendo a si mesmo que levará o pai junto.

Capítulo 21

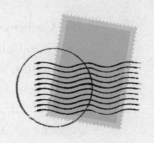

24 de junho de 2014

Adrien ainda está com a cabeça cheia das imagens da visita à Caverna do Dragão: as galerias preparadas pelos soldados alemães, os uniformes expostos, as fotos do campo de batalha... Chegou inclusive a ver imagens de Corbeny depois da guerra. O ônibus está no estacionamento, mas o motorista sumiu e vários alunos se dispersaram.

Tom não veio ao passeio porque quebrou a perna jogando futebol. Por isso, Adrien está com Sarah.

– E se a gente fosse dar uma olhada no bosque atrás do museu? – diz ela. – Talvez encontremos as entradas das galerias alemãs que visitamos.

– Não sei se é uma boa ideia – responde ele. – Será que é permitido?

Ela dá de ombros.

– Olhe, já tem um monte de alunos lá.

Ela avança em direção ao bosque e ele a segue. Descem uma encosta: é a famosa crista onde os alemães se posicionaram para atirar nos franceses que tentavam o assalto.

– Você se dá conta de que estamos andando num lugar onde milhares de pessoas morreram?

– Sim – responde Adrien. – Aqui era um verdadeiro campo de obuses.

Cruzam com outros alunos: namorados que se beijam atrás das árvores, Willy, que procura munições abandonadas, como se fosse fácil encontrá-las um século depois da guerra... Ele foi suspenso por três dias depois daquele incidente, mas parece não ter aprendido nada.

Então Adrien a vê de repente, na frente deles: Marion, de pé, espera por ele. As duas turmas estão passeando juntas, mas Adrien a evitou no ônibus.

– Vou dar uma volta – diz Sarah. E sussurra para Adrien: – Ela vai te pedir em namoro!

E sai.

– Acho que estamos precisando conversar – diz Marion com um sorriso.

Conversar, conversar! Por que as garotas sempre querem conversar?

– Eu queria que você se tornasse amigo do Franck.

Ele suspira e olha para os sapatos. Claro, ela continua com o Franck. Por um segundo, tinha quase acreditado que esse pesadelo tinha terminado...

– Você nunca fala com ele! – reclama ela. – Eu... eu não me dou muito bem com os amigos dele, e queria apresentar os meus a ele. Só que você parece estar sempre evitando-o...

– Tudo bem – diz de repente Adrien. Se Marion precisa dele, não vai deixá-la na mão. Além disso, depois do que ela fez na farmácia, está lhe devendo uma. – Quando você quiser.

É nesse momento que ouve Willy e seus dois comparsas subindo a encosta correndo e rindo.

– Oi, Adrien. Beijinhos pra sua amiga ruiva!

Ri ainda mais forte e desaparece.

– O que ele quis dizer? – pergunta Adrien. – Estava falando da Sarah?

– Não mude de assunto! – exclama Marion.

– Espere, tem algo estranho...

Começa a correr na direção de onde Willy veio, com Marion em seu encalço.

– Está me ouvindo, Adrien?

Chega a uma estradinha pedregosa onde duas grandes escavadeiras estão paradas diante de um monte de terra. Os trabalhadores não estão ali. Põe as mãos em cone na frente da boca e grita:

– Sarah! Sarah!

– Acha que eles fizeram alguma coisa com ela? – pergunta Marion.

Então ouvem uma voz abafada gritando "Socorro!".

Adrien se aproxima do local de onde vem a voz e, aos seus pés, percebe uma espécie de tampa de esgoto de ferro.

– Sarah? Você está aí?

– Adrien! Por favor, me tire daqui! Eles me jogaram nesse buraco e fecharam a tampa! Não consigo levantá-la, é muito pesada.

– Aqueles desgraçados! – exclama Marion.

– Vou levantar a tampa – ele diz a Sarah.

Procura um ponto por onde puxá-la. Normalmente, há um buraco no meio para isso, mas percebe que há uma pedra presa ali, provavelmente colocada por Willy.

– Marion – diz Adrien –, vá avisar os professores! Vou ficar aqui e tentar tirar a Sarah.

Marion corre em direção ao museu.

– Então? Consegue abrir? Acho que vou ter uma crise de asma – diz Sarah.

Adrien tenta tirar a pedra, mas está completamente presa.

– Não consigo abrir! Está com a bombinha de asma?

A tampa é pesada demais para que consiga abri-la sem ter um bom ponto por onde pegá-la. Procura outra pedra para tentar desalojar a que Willy pôs ali: afinal, batendo bem forte, ela deve sair.

É nesse momento que ouve Sarah tossir.

– Meus olhos estão ardendo!

Adrien fica paralisado.

– Você... está resfriada?

– Não, mas estou me sentindo estranha.

– Está tossindo e seus olhos estão ardendo?

– Sim, e aqui dentro fede.

– Tem cheiro do quê?

– Sei lá... cheiro de mofo, eu acho.

– Como se fosse feno cortado?

– Isso! Cortado e mofado. Também está sentindo?

Adrien sente um arrepio. Leu sobre os gases usados na Primeira Guerra e sabe que o fosgênio tem cheiro de feno cortado. Os primeiros sintomas de sua inalação são irritação na garganta e ardência nos olhos. Era a arma química mais usada pelos dois exércitos durante a guerra, e até hoje se encontram obuses carregados com ela nas antigas zonas de combate. Será possível? Será que não está ficando paranoico à toa?

– Sarah, escute bem, é muito importante. Tem alguma luz aí com você.

– Sim, tenho a lanterna do celular.

– Descreva para mim o lugar onde está!

– Meus olhos estão doendo, mas vou tentar... É uma grande tubulação de concreto, alta o suficiente para que eu fique de pé apenas um pouco inclinada. Não tem cheiro de esgoto, deve servir para drenar a água da chuva. Mas está toda quebrada e cheia de terra.

Adrien dá uma olhada nas duas escavadeiras ali ao lado. Devem ter revolvido a terra, talvez estivessem desenterrando uma tubulação estragada para substituí-la...

– Não está vendo mais nada? Olhe bem.

– Puxa, tem um troço estranho todo enferrujado enfiado na terra.

– Não toque nele de jeito nenhum! – grita Adrien. – É de metal? Tem uns trinta ou quarenta centímetros de comprimento? Pontudo? Coberto de terra?

– Essa não! Acha que pode ser um obus da guerra de 1914?

Adrien sente o pânico tentando dominá-lo. Nada de bater com pedras na tampa: se for mesmo um obus, qualquer choque pode fazê-lo explodir.

Marion volta correndo com a professora de história e geografia.

– Não se aproximem! – grita Adrien fazendo grandes gestos com os braços. – Sarah disse ter visto algo que parece um obus dentro do buraco!

– Oh, meu Deus! – exclama a professora.

Está toda vermelha e ofegante, com a camisa saindo da calça.

– Saia daí também, Adrien! – ela grita. – É preciso evacuar o bosque, vou chamar os bombeiros!

Mas Adrien não se mexe.

– Tem mais uma coisa, professora...

– Adrien! – grita Marion. – Faça o que a professora disse! Vá para um lugar seguro!

– Sarah acabou de descrever os primeiros sintomas de um envenenamento por fosgênio!

– O quê? – diz Sarah dentro do buraco. – O que é fosgênio?

E volta a tossir.

– Não diga besteira! – exclama a professora assustadíssima. – Você andou lendo demais sobre a guerra! Saia daí e deixe os bombeiros agirem!

– Espero estar enganado, professora, mas temo que não. Sei de cor tudo o que diz respeito à Primeira Guerra, a senhora sabe disso.

A professora concorda balançando lentamente a cabeça.

– Sim, Adrien, eu sei.

Certamente se lembra da demonstração que fez no quadro, do mapa do norte da França e de todos os detalhes que forneceu.

– Acho que posso ajudar a Sarah.

– Mas eu não posso deixar que fique aqui!

– Se eu não ficar, ela pode até morrer.

A professora finalmente se dá por vencida:

– Ok, mas assim que tiver tirado os outros daqui vou voltar e tirar você.

Sai com Marion e tira o telefone da bolsa.

– Sarah! – diz Adrien. – Ainda está aí?

– Óbvio, onde queria que eu estivesse?

– Tenho uma má notícia.

– O quê? Essa história de envenenamento é séria?

– Sim, acho que pode se tratar de um obus com carga química, e com um pouco de gás escapando. A professora chamou os bombeiros, mas, enquanto isso, eis exatamente o que deve fazer...

– Gás? Gás venenoso? Quer dizer que vou morrer?

– Calma, por favor! – ele diz com voz firme. – Devo estar enganado, mas, pelo sim e pelo não, vamos fazer como se tivesse razão, ok? Posso ajudar você, mas precisa manter a calma.

— TÁ BOM! TÁ BOM! Eu estou... eu estou calma.

Adrien respira fundo para combater o pânico e diz:

— O fosgênio só é mortal em grande quantidade. De uma dose pequena dá pra escapar.

— Mas com sequelas pelo resto da vida, não é? Diga a verdade, Adrien! – ela grita com voz aguda.

Sim, é verdade: fibrose pulmonar, doenças respiratórias crônicas... Como ela já tem asma, pode até ter que passar o resto da vida numa cadeira de rodas, com uma máscara e uma garrafa de oxigênio nas costas.

Não perder a cabeça, diz para si mesmo. *Refletir com calma. Tentar ser racional. Sarah está ali embaixo e tenho que ajudá-la.*

— Se respirar só um pouco – responde finalmente – não há sequelas definitivas.

E é verdade também: tudo depende da dose absorvida.

— Bom, e o que devo fazer? – pergunta Sarah com um fio de esperança na voz.

Adrien engole a saliva. O medo faz suas mãos tremerem, e um suor frio escorre em suas costas. Mas, para não assustar Sarah, força-se a prosseguir com a voz perfeitamente calma, falando lentamente e destacando bem as palavras.

— Em primeiro lugar, vai tentar se mexer o mínimo possível, para que seu corpo precise consumir menos oxigênio.

— Não se mexer. Respirar menos. Ok, tem lógica, entendi.

E além disso? Tenta lembrar tudo o que leu na internet. Esse maldito gás... Como lutar contra ele? Aos poucos, algumas artimanhas lhe vêm à mente.

— Além disso, o fosgênio é um gás mais pesado que o ar, portanto tende a ficar perto do chão. Por isso, vai segurar a respiração, se afastar o máximo possível do obus, e voltar a respirar no lugar mais alto que encontrar.

— Ok, vou seguir pela tubulação, ela sobe um pouco antes de terminar... Mas aí você não vai mais me escutar?

— Não tem problema. Vou tentar seguir a tubulação também, e gritarei bem alto. Se me escutar, responda, ok?

— Ok.

Adrien avança pelo caminho, supondo que a tubulação siga seu traçado por baixo da terra. E solta um grito de alegria quando encontra uma segunda tampa de ferro, dez metros adiante.

Tenta removê-la, mas está muito velha e gasta. Logo percebe que está completamente emperrada. Porém, tem um furo no meio, embora tapado com terra, e isso lhe dá uma ideia.

— Sarah! — ele grita. — Está me ouvindo?

— Estou bem embaixo de você!

Ele fecha os olhos e solta um suspiro aliviado. Ela continua viva!

— Está vendo essa outra tampa?

— Sim, estou quase encostando a cabeça nela!

Perfeito! Ele tira do bolso a chave de casa: é o único objeto duro e pontudo de que dispõe. Então a usa para tirar a terra do buraquinho, suando e arfando, obstinando-se e apertando os dentes.

— Agora desligue a lanterna e olhe para cima. Está vendo alguma coisa?

— Sim, um fiozinho de luz bem em cima da minha cabeça.

— É um buraco! Feche os olhos e respire por ele, rápido. Volto num minuto!

Corre em direção ao bosque como um louco, olhando para o chão, procurando algum talo ou galhinho oco que possa servir de tubo para Sarah respirar. Está tão concentrado na busca que não vê Marion descendo a encosta e esbarra com tudo nela.

— Ei, cuidado! — ela diz massageando a barriga.

— O que está fazendo aqui? — ele grita, completamente desvairado. — É superperigoso ficar aqui, volte para onde estão os outros.

— Deixe eu te ajudar! — responde Marion. — Depois, prometo que saio!

— Jura?

— Pela alma da minha mãe. Então, o que posso fazer?

— Preciso de um bambu, um talo, qualquer coisa oca para que Sarah possa respirar.

Ela tira da mochila uma caixinha de suco de maçã.

— Não tenho bambu, mas... tenho um canudo de plástico — diz enquanto tira a embalagem. — Acha que pode servir?

— Marion, você é uma gênia! — E arranca o canudo da mão dela. — Agora dê o fora, jurou pela alma da sua mãe!

Volta até a tampa de ferro, enfia uma ponta do canudo no buraco, segura firme a outra ponta e grita para Sarah.

— Coloque o canudo na boca e respire por ele, rápido.

Sente o canudo se mexer um pouco em seus dedos e logo percebe um sopro passando por ele em intervalos regulares.

— Maravilha, está fazendo tudo certo! Agora não fale mais, controle o fôlego e respire unicamente pelo canudo. Eu estarei aqui.

De repente, o ar para de sair pelo canudo.

— Mas, se o obus explodir, você vai morrer também! — grita Sarah.

— Coloque o canudo imediatamente de volta na boca! Proíbo você de largá-lo. Está querendo morrer envenenada, por acaso?

Quando os bombeiros chegam com suas máscaras e seus pés de cabra, Adrien continua deitado sobre a tampa com o canudo na mão.

– Venha garoto – diz um ajudante colocando uma máscara em seu rosto. – Vamos cuidar da sua namoradinha.

– Ela... não é minha namorada – responde Adrien.

Deixa-se conduzir até o grupo de alunos, que o espera no estacionamento. Diante do museu, outros bombeiros desenrolam uma faixa amarela para estabelecer um perímetro de segurança. Tem também uma ambulância do SAMU. Todos olham admirados para Adrien; tem até quem tire fotos dele quando tira a máscara.

– Adrien! – grita Marion de trás da faixa amarela.

Quando ele chega perto, ela se lança para cima dele de braços abertos... mas se detém a um milímetro de distância, com uma expressão constrangida.

– Oi – ele diz.

É um tanto tolo, mas é tudo o que consegue dizer. Marion abre um sorriso até as orelhas, mas seu rosto ainda está coberto de lágrimas.

– Você me deixou morrendo de medo, seu maluco! – E lhe dá um soquinho de leve no ombro. – Nunca mais faça isso!

Então as lágrimas voltam a correr e, quando duas enfermeiras levam Adrien, ela desvia o olhar.

Querido Hadrien, assim Adrien começa sua carta nesta noite.

Hoje aconteceu uma coisa inacreditável, e é graças a você que minha amiga Sarah não morreu...

Conta o que aconteceu ao amigo e depois lhe envia uma documentação detalhada sobre a guerra: sua

declaração, os principais momentos, os lugares a evitar...
E termina assim:

Não lhe resta muito tempo até que os alemães declarem guerra à França e invadam a Bélgica. Espero que já tenha saído de Corbeny. Na verdade, espero que já esteja longe e que essa carta nem chegue até você. Não sei se poderemos voltar a nos escrever um dia, mas, se não pudermos, saiba que me ajudou muito mais do que pode imaginar. Ter conhecido você foi uma das melhores coisas da minha vida.

Seu amigo para sempre,
Adrien

Capítulo 22

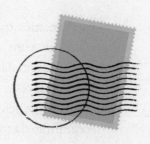

5 de julho de 1914

Hadrien está sozinho, sentado à mesa da cozinha. O zumbido das moscas enche a casa. Está limpando cenouras e cortando os primeiros tomates da estação. Foi encarregado de preparar uma refeição comível, o que não é tão simples para alguém que nunca cozinhou antes. Mas as gororobas preparadas por seu pai têm saído tão ruins que os dois decidiram que era melhor deixar isso na mão de Hadrien. Já é tão triste comerem só os dois na casa vazia! Seu olhar vagueia pela cozinha; está tudo no lugar, apenas com um pouco mais de poeira do que de costume. Mas sua mãe amorosa e suas irmãs (até mesmo Lucienne!) fazem uma falta terrível, assim como Simone.

É o grande dia do exame final. Durante o ano, imaginou mais de mil vezes esse dia com grande entusiasmo, mas hoje não está muito animado. Sabe agora que, quaisquer que sejam os resultados, não frequentará o pequeno liceu, nem irá para Laon, nem a Paris. Seu pai nunca permitirá que deixe aquela terra. Levanta-se, caminha até a porta banhada de sol, e o gato da casa se esgueira entre suas pernas, pedindo carinho. Tudo está tranquilo; seu pai está na plantação, provavelmente examinando o trigo que logo será colhido.

Faz um mês que os dois têm se entendido bem. Impressionado com a decisão do filho de ficar na fazenda com ele, o pai tem dado tempo a Hadrien para estudar. O garoto dedica o resto do seu tempo a trabalhar na fazenda, e nenhuma briga veio perturbar esse acordo tácito.

A caminho da prefeitura, Hadrien se sente confiante. O professor o recebe na porta e garante que vai dar tudo certo. Lucien chega acompanhado pelos pais, que não parecem muito tranquilos.

— Vai lá, meu coelhinho, tenho certeza de que irá muito bem.

— Mãe! Não me chame assim! — exclama Lucien todo vermelho.

— Não fale desse jeito com sua mãe — intervém o pai, dando um tapa atrás da cabeça do filho. — E lembre-se de que deve ficar em primeiro, senão confiscarei sua bicicleta.

— Sim, papai... — resmunga Lucien, ainda mais vermelho de vergonha.

Os outros alunos presentes observam o trio, rindo disfarçadamente, mas Hadrien não tem vontade de zombar de Lucien, por mais desagradável que este sempre tenha sido. A ideia de que ele também corre o risco de ser levado pela tormenta da guerra o aflige tanto quanto o medo do exame. Sente mais pena do que raiva.

Durante a prova, tudo dá certo para Hadrien: os temas parecem fáceis, ele sabe todas as respostas. Mas, a certa altura, Lucien, com um gesto desastrado, derruba o tinteiro sobre a própria folha, explode em soluços e abandona a sala antes mesmo que o professor possa tranquilizá-lo.

Domingo de manhã, Hadrien continua pensando no acontecido. Combinou de encontrar Jules na praça depois da missa. Veste sua melhor roupa e dá uma ajeitada no cabelo, enquanto o pai faz o mesmo. A missa não tem nada demais, o pároco também fala da colheita, todo mundo só pensa nisso: parece que o trigo vai demorar um pouco para amadurecer este ano, provavelmente só no início de agosto, o que deixa Hadrien desesperado. Esperava convencer seu pai a ir para Paris depois da colheita, mas em agosto pode ser tarde demais! Finalmente sai da igreja e encontra seu amigo, que o espera sentado no parapeito do poço. Jules cresceu e ficou mais forte desde que começou a trabalhar.

– Hadri! – exclama seu pai. – A tia Jeannette precisa de uma ajuda, vou lá antes do almoço.

Enquanto ouve distraidamente Jules falar sobre seu aprendizado, Hadrien espreita a saída da missa. Lucien não estava com seus pais no banco, e quer pedir notícias dele.

– Está esperando alguém? – pergunta Jules ao perceber que o amigo não está prestando atenção em suas histórias de cavalos.

– Os pais do Lucien. Gostaria de saber onde ele está.

– Aquele cretino? Que vá para o diabo com toda a sua arrogância! Por que está preocupado com isso?

– Ele não conseguiu o certificado. Saiu no meio da prova.

– Sim, ouvi essa história... E quer saber de uma coisa? Acho que ele quis foi contrariar o pai!

– Sabe de mais alguma coisa?

– Sim, meu patrão disse que o enviaram para um internato que é quase uma prisão, longe de Laon.

– Pelo menos estará longe daqui – declara Hadrien, aliviado.

Mais um salvo! Imediatamente, porém, sente um aperto no coração com a ideia de abandonar Jules.

– Sabe, se quiser ir ver Simone em agosto, posso conseguir uma passagem de trem com meu avô...

– É gentil de sua parte – responde Jules meio constrangido pela oferta –, mas...

– Mas o quê?

– É que sua família já foi generosa demais com a minha e, além disso, tenho meu aprendizado, não posso sair viajando assim do nada...

– Faça o que eu lhe digo, Jules, é importante! – exclama Hadrien, irritado. – Precisa ir pra Paris!

– Estou dizendo que não posso! – Jules, por sua vez, também fica nervoso.

– Não banque o teimoso; se não for, talvez nunca reveja sua irmã!

– Que história é essa? – exclama Jules. – Acho que esse certificado virou sua cabeça!

E se afasta, lançando um olhar desconfiado para Hadrien, que suspira fundo. Mais uma vez, não soube como lidar com o amigo. Mas, pensando bem, Jules é um bocado esperto; com um pouco de sorte escapará dos obuses e de ser capturado pelos alemães.

A urgência de falar com seu pai o oprime: resolve voltar logo para casa e finalizar o almoço.

Por volta de uma da tarde, o pai chega com um grande sorriso e os cabelos cheios de lascas de madeira.

– Terminei de limpar o bosque de sua tia, e olha só o que ela nos deu em agradecimento! – exclama, erguendo a mão.

Segurados pelas orelhas, três coelhinhos reviram os olhinhos pretos, guinchando aterrorizados.

– Sua mãe ficará contente, sempre quis que tivéssemos coelhos. Essa noite faremos uma coelheira com a manjedoura velha.

– O que eles comem?

– Sanfeno. É bom, assim poderemos limpar um pouco o bosque atrás da casa da mãe da Simone: desde que ela foi embora, aquilo está completamente largado. Seu amigo Jules não liga para nada!

– É que não é fácil para ele fazer tudo.

– Você conseguiu me ajudar na fazenda e estudar para o certificado: basta não enfiar os dois pés no mesmo tamanco!

Hadrien mal acredita que está sendo elogiado desse jeito; é como um tesouro, e se apressa em servir uma tigela de cozido ao pai, que luta com os coelhinhos, tentando fazê-los entrar no guarda-louça.

– Ei, pai, o que está fazendo?

– Ora, não está vendo? Não sei onde colocá-los até que a gente faça a coelheira!

– E se usássemos essa cesta de vime virada de cabeça para baixo?

– Ótima ideia! Você não tem nada de burro! Tenho certeza de que obterá seu certificado... Quando vai ser a entrega do diploma? – pergunta o pai, com orgulho no olhar.

– Quarta-feira, não lembra?

– Estou ficando velho, você sabe... – responde o pai com ar malicioso. – Você quer que eu vá?

– Sim, sim, claro!

De repente, um dos coelhinhos escapa, e eles o perseguem pela cozinha enquanto Blanche, a gata da casa, rosna e baba. Quando finalmente conseguem pôr os três debaixo da cesta, o cozido já esfriou, mas mesmo assim ambos comem com vontade.

— Está tão gostoso que eu comeria até sobre a cabeça de um piolhento!

— Diz uma coisa, pai...

— Fale, meu garoto.

— Eu... Você falou da mamãe, e eu estava pensando que...

— Vamos, desembucha!

— Bom, eu gostaria que a gente fosse vê-la antes do fim de julho.

— Enlouqueceu? Vamos colher daqui a quinze dias, três semanas, o mais tardar!

— Justamente, pensei que talvez pudéssemos ir antes da colheita.

— Mas, Hadrien... quem vai cuidar dos animais? Não podemos ir os dois, o que lhe deu na cabeça? Não, impossível, esqueça isso.

O pai fechou a cara, as risadas do início do almoço cessaram, e Hadrien percebe que desse jeito não vai atingir seu objetivo. Desanimado, termina de comer, passando um pedaço de cenoura na gordura fria da carne. É só no momento em que finalizam a coelheira, horas depois, que vê seu pai novamente descontraído. Sozinho com ele na casa, Hadrien começou a entendê-lo melhor: a maior parte do tempo, ele é rude por insegurança. Tem dificuldade em encontrar as palavras certas, por isso fica nervoso e se torna agressivo. Como um animal que morde quando está encurralado. Hadrien aprendeu a prestar mais atenção nos pequenos detalhes, a se mostrar gentil, e assim evitar brigas. A influência de Adrien realmente lhe fez bem! Este fim de tarde, por exemplo, sabe que será inútil retomar a discussão sobre Paris, então propõe ao pai que dê uma saída, vá até o café.

— É domingo, merece um pouco de descanso: eu cuido das vacas.

O pai hesita um pouco, mas acaba aceitando.

— Não se esqueça de dar sal a elas! E de trancar a porta do celeiro!

— Pode deixar, pai, não se preocupe.

Hadrien fica orgulhoso quando vê o pai pegar um pouco de dinheiro na pequena caixa de latão escondida perto da lareira: imagina-o todo feliz por pagar uma rodada a seus amigos. É raro se permitir isso, o que prova que está de bom humor. Sem o pai, terá tempo de pensar num jeito de convencê-lo a ir para Paris. Depois de cuidar das vacas, vai para a mesa da cozinha e escreve a Adrien:

Recebi sua última carta e fiquei deslumbrado, mas não surpreso, com a coragem que demonstrou. Era de se esperar que você fizesse tudo para salvar uma amiga: não é o que tem feito por mim também?

Espero que Marion perceba a sorte que tem de poder contar com você. Queria ter escrito antes. Na verdade, rasguei minhas duas últimas cartas, pois tenho que anunciar que ainda não consegui convencer meu pai a partir... Na verdade, não tentei para valer, e sinto vergonha disso, depois de tudo o que você fez para me ajudar: mas não pense que não acredito em você! Sei que a guerra é mesmo iminente, ainda mais que o atentado de que tinha me falado realmente aconteceu semana passada. O arquiduque François-Ferdinand e sua esposa foram mortos em Sarajevo por um estudante sérvio. Li no jornal, e todos só falam disso. Pela cronologia que você me enviou, resta-me apenas um mês para deixar Corbeny.

 Mas tenho medo, entende? Medo de não conseguir convencer meu pai, medo de deixar minha casa, medo também de não poder mais me comunicar com você. No entanto, recebi uma carta de Simone ontem pedindo que vá encontrá-la o quanto antes. Eu a convenci a partir antes do previsto, prometendo que a encontraria em Paris agora no mês de julho. Ela conseguiu entrar como aprendiz na firma das irmãs Callot, as famosas costureiras, e meu avô arranjou para ela uma mansarda no seu prédio.

 Aproveito para lhe dar o endereço do meu avô em Paris, pois pretendo estar lá daqui a algumas semanas... Não gosto nem de pensar na possibilidade de perdermos contato; no entanto, temo que isso seja inevitável. Também tenho notícias de Marthe: ela está completamente curada! Graças a você! Tomou os remédios até o fim, como você disse, e os médicos de Paris nem precisaram hospitalizá-la! Minha mãe disse na última carta que ela já está pulando pelas ruas de

Paris, perseguida pela governanta que meu avô fez questão de contratar. Meu pai chiou um bocado quando soube disso: "Uma governanta! Como se sua mãe não soubesse cuidar dos filhos!". Mas, no fundo, acho que ele está tão contente que Marthe tenha sarado, que só resmunga para não perder o costume. Já tentei falar com ele, mas não sei o que dizer para convencê-lo a abandonar seus animais e suas plantações. É realmente complicado.

Solta a pena sobre o papel; seus olhos estão úmidos e não consegue continuar. Acaba adormecendo sobre a mesa e acorda na manhã seguinte em sua cama, para onde seu pai o carregou, como quando era pequeno.

Mas a oportunidade de conversar com ele nunca se apresenta: está na época de cruzar as vacas, e o pai as leva até um vizinho que tem um touro. Depois, resolve desbastar o bosque. Ocupado em suas plantações ou ajudando nas dos outros, o pai sai cedo de manhã e volta tarde, de noite. Finalmente se encontram no café da manhã de quarta-feira.

– E então? É hoje o grande dia?

∽

A cerimônia é emocionante: o prefeito, o professor e a professora de Corbeny, vários professores das redondezas e um representante da Caisse d'epargne* os recebem

---

* O grupo Caisse d'Epargne é um banco francês que conta com mais de quatro mil agências em toda a França. A primeira Caisse d'Epargne

para lhes entregar o diploma, livros e uma caderneta de poupança.

Hadrien tinha conseguido! Obteve inclusive o direito a uma bolsa de estudos! Seu pai está tão orgulhoso que chega a ter lágrimas nos olhos, o que não o impede de franzir as sobrancelhas quando o professor o provoca:

— Espero que mude de ideia, ainda é tempo!

Hadrien está feliz. Quando voltam, orgulhosos como dois pavões, encontram o carteiro na frente da casa segurando um envelope na mão.

— Estava esperando vocês! Uma carta de Paris — diz ele alegre, antes de subir na bicicleta para continuar seu percurso.

— Quer que eu leia agora? — pergunta Hadrien ao pai.

— Sim, claro, não vamos ficar esperando.

Sentam-se à mesa para abrir o envelope com uma faca de cozinha. Hadrien logo reconhece a letra da mãe e começa a ler.

— Mamãe diz que o bebê está se mexendo muito, e que o médico recomendou que permanecesse deitada.

— Puxa... Mas ela não vai perdê-lo, né?

— Não, mas também não poderá voltar para cá. O médico disse que está fora de cogitação ela viajar.

— Certo — diz o pai com uma expressão preocupada. — Mas ela não está em perigo, né?

— Não sei, pai. Mas... acho que devíamos ir para lá de qualquer jeito.

— Eu já lhe disse que...

— Eu sei, pai, mas acho que a mamãe está precisando da gente. Além disso, as coisas vão ficar muito ruins aqui na região.

---

et Prévoyance (Caixa de Poupança e Previdência) foi criada em 22 de maio de 1818, em Paris. (N.E.)

— Como assim? Como sabe disso?

— Sim, pai, deve ter ouvido o pessoal comentar no café. Estão todos falando do atentado ao arquiduque, e ontem os austríacos e os alemães declararam guerra contra a Sérvia. A coisa não vai parar por aí.

— Acha mesmo?

— Eu não acho, eu *sei*. Preciso lhe explicar uma coisa, mas vai ter que me escutar até o final. O "primo" a quem escrevo há alguns meses vive em 2014. Ele se chama Adrien, como eu. Sei que parece loucura, mas acho que a caixa de correio aqui da frente é mágica. Ela nos permite trocar cartas através do tempo. Não sei como isso acontece, mas o fato é que funciona: foi ele, Adrien, que me enviou remédios do futuro para curar Marthe, senão ela teria morrido, como o Albert. E é ele que me diz que tenho de sair o quanto antes de Corbeny porque a guerra logo chegará aqui. Ele se mostra preocupadíssimo, diz que vai ser tudo muito rápido e que não temos tempo a perder. Temos que ir pra Paris, isso é mais importante do que as vacas ou do que a colheita.

O pai olha para ele, atônito, silencioso. Abre a boca por duas vezes, como se quisesse dizer algo, mas não sai nada. Depois se levanta devagar, coloca as mãos nos ombros de Hadrien e, com a voz cheia de emoção, diz:

— Não sei de onde vem isso, meu filho, se é da tia Jeannette ou de quem quer que seja, mas percebi que foi você que salvou a Marthe de maneira mágica. Então, por mais louca que pareça essa história de primo do futuro, acredito em você... Tem certeza de que o que ele diz é mesmo verdade?

— Sim, se quiser posso ler para você as cartas dele. Tudo o que ele predisse até agora aconteceu: o atentado, a guerra contra a Sérvia... Daqui a duas semanas, os alemães invadirão a Bélgica e, a seguir, o norte da França. Temos que partir, e rápido. Mesmo que fique aqui, quando os alemães chegarem tomarão os animais e a colheita, e ainda o obrigarão a trabalhar para eles. Além disso, todas as nossas terras serão devastadas pelos obuses.

— Nossas terras? Nossa fazenda?

— Tudo. O vilarejo todo será arrasado. O *front* permanecerá aqui durante toda a guerra, mas Paris será poupada.

O pai arregala os olhos.

— E quanto tempo isso vai durar?

— Quatro anos... até novembro de 1918.

— E você e eu não corremos o risco de ser convocados?

— Você pode dizer que é arrimo de família, sobretudo com o bebê que está vindo. E eu ainda não terei feito 17 anos quando acabar. Adrien me disse que não corro nenhum risco.

— Sei muito bem o que você pensa de mim, meu filho: para você, não passo de um camponês analfabeto, não é mesmo? Só que tem uma coisa que eu sei, e para isso não preciso de toda a instrução do seu professor: sei que você não é um mentiroso. E esse seu primo e você, juntos, salvaram a vida da Marthe... Então, de acordo! Meu sonho era legar essa terra a você... Mas não vou colocar você em perigo de jeito nenhum. Se podemos estar a salvo em Paris, partiremos assim que seu avô enviar as passagens.

Hadrien não consegue acreditar. Ao mesmo tempo, é tão óbvio: seu pai aprendeu a confiar nele, e é isso que uma família faz. Entreolham-se por um bom tempo sorrindo. Finalmente, Hadrien pega a mão do pai e lhe diz, com a voz carregada de emoção:

— Pai, você é muito mais do que um camponês analfabeto!

Vão para Paris no dia 1º de agosto. Poucos dias depois, os sinos de toda a França anunciam a guerra. Só voltarão a Corbeny anos depois. Nesse intervalo, Hadrien fará seus estudos e, quando a guerra tiver terminado, estarão lá todos os cinco – aliás, seis, pois haverá também a pequena Suzanne! Então, reconstruirão tudo.

E tudo isso graças a Adrien! Ao postar sua última carta na caixa de correio amarela do cemitério, Hadrien está extremamente comovido. Será que conseguirão ainda se corresponder? Mandou para Adrien o endereço do avô, mas, no fundo de seu coração, sabe que o amigo nunca mais poderá escrever para ele.

Uma lágrima solitária escorre em seu rosto. Ele e sua família estão salvos.

Capítulo 23

6 de julho de 2014

Enquanto caminha para o hospital, Adrien lê e relê a carta do amigo. Sarah ficará contente com a notícia: Hadrien deixou Corbeny e foi para Paris. Ele está salvo! É verdade que, durante a guerra, as coisas não foram fáceis em Paris: houve bombardeios, racionamento, faltava comida, mas pelo menos poucos civis morreram. Será que ainda poderão se corresponder, agora que Hadrien deixou o vilarejo? A maneira como trocam essas cartas continua sendo um grande mistério... Adrien prefere não pensar nisso agora, mas torce para que ainda possa ter notícias do amigo.

O telefone vibra: mensagem de Sarah.

> E aí, vem ou não vem?

Consulta o relógio: dez para as seis. Não está atrasado, combinaram às seis.

Adrien realmente não tinha se enganado lá no bosque: havia de fato um velho obus de fosgênio meio enterrado no fundo da tubulação. A defesa civil logo confirmou. A mãe de Adrien quase teve um ataque... Willy foi expulso da escola e seus pais tiveram que se entender com a polícia.

Quando Sarah chegou ao hospital, foi metralhada pelas câmeras dos jornalistas, e a história da colegial "presa com um obus químico" se espalhou pela região como um rastilho de pólvora. Foi internada num quarto isolado. Seu pai chorava numa poltrona do *hall*, sua mãe andava para lá e para cá, desesperada. No início, Sarah parecia estar bem, mas a partir do segundo dia, começou a ter uma tosse preocupante e a sentir sufocamentos.

Adrien responde:

> Deixe de bancar a princesa! Já estou chegando!

Se pediu para ele vir deve ser porque melhorou, não? Adrien não suporta a ideia de que o gás tenha causado danos irreversíveis aos pulmões da amiga. No *hall*, o pai de Sarah se levanta ao vê-lo. Parece cansado, mas no fundo de seus olhos não há mais nenhum vestígio daquela angústia terrível dos primeiros dias.

– Então? – pergunta Adrien. – Como ela está?

– As notícias são boas. O médico acredita que a dose de gás absorvida não foi suficiente para deixar sequelas, mesmo com a asma dela.

Sente-se incrivelmente aliviado e sai correndo em direção à porta do quarto dela.

– Adrien!

– Senhor?

– Perguntei a Sarah como podia lhe agradecer.

– Não tem de quê.

– Está brincando? Arriscou sua vida pela minha filha! Se não estivesse lá, ela poderia estar morta ou numa cadeira de rodas! – Respira fundo e continua: – Claro, nunca poderei agradecer à altura o que fez por ela, mas Tom falou de uma coisa que lhe seria útil, embora tenha me parecido bastante estranha.

– O quê?

– Bom, você sabe que sou enfermeiro no hospital. Segundo Tom, se eu realmente quisesse ser útil a você, devia encontrar o médico que cuidou de um rapaz chamado Franck Morin seis meses atrás e lhe perguntar como ele quebrou a perna.

Franck! O namorado de Marion! Ela tinha contado a Adrien essa história: um caminhão que ia atropelar uma criancinha na rua, Franck que correu para salvá-la... e acabou quebrando a perna.

– Normalmente, um médico não pode falar dos seus pacientes, mas ele me deu este artigo de jornal que guardou na época.

O pai de Sarah lhe estende um pedaço de papel dobrado em quatro. "ADOLESCENTE DE *SCOOTER* FERE MENINO DE 5 ANOS." O artigo começa assim: "Andando de *scooter* na calçada, um adolescente atropelou um menininho que...".

– Mas... – exclama Adrien. – E o caminhão?

– Que caminhão? Ele estava de moto, uma *scooter*. Felizmente, o menino se machucou pouco, e seus pais não prestaram queixa. – Coça a cabeça e conclui: – Você entendeu essa história? Isso realmente pode ser útil para você?

Adrien cai na gargalhada.

– Bota útil nisso! Muito obrigado, senhor!

O que ele entende é que Franck é um grande mentiroso, e Tom já devia desconfiar. Corre para o quarto de Sarah para lhe falar disso, mas, quando abre a porta, sente um aperto no coração: está deitada, com soro no braço e uma máscara de oxigênio no rosto. Como não pode falar, por causa da máscara, ela pega o telefone e lhe envia uma mensagem.

> Pode me beijar, não estou radioativa.

Ele ri e se senta na cadeira ao lado da cama.

— Seu pai me disse que você está melhor e que não terá sequelas. Não imagina como estou aliviado! Tudo isso graças a Hadrien; se não fosse ele, não saberia como ajudar você. Aliás, tenho excelentes notícias dele! Foi pra Paris com a família e Simone, estão todos salvos! Olhe, trouxe a carta dele pra você ler.

Ela lê rapidamente, franze as sobrancelhas e digita:

> Estou muito feliz por Hadrien. Salvou a vida dele também! Mas me diz uma coisa, meu pai não lhe falou mais nada?

— Sim, ele me disse que...

Alguém bate à porta. Sarah consulta o relógio: seis horas e cinco minutos.

— Está esperando mais alguém? — pergunta Adrien.

A porta se abre, e Marion entra com um buquê de flores na mão. Marion! O coração de Adrien se acelera. Ela se vira e sussurra para alguém atrás de si:

— Vamos, entre.

Alguém resmunga no corredor:

— Por que ela pediu pra eu vir? Eu nem a conheço!

Finalmente, Marion avança, acompanhada de um bonito rapaz que mantém as mãos no bolso: Franck, é claro. Adrien poderia reconhecê-lo entre mil outras pessoas: é alto e tem olhos de um azul perfeito; no estilo *bad boy*, não se pode negar que tem classe.

– Seis e cinco, exatamente! – exclama Marion. – E trouxe o Franck, como você pediu na mensagem. Tem alguma coisa a nos dizer?

Sarah digita mais uma mensagem e o telefone de Adrien vibra em sua mão.

> Vai lá, acaba com esse babaca!

Adrien sorri, depois respira fundo como se estivesse entrando num ringue de boxe.

– Oi, Franck. Acho que nunca conversamos antes.

– Também acho.

– Sua perna melhorou?

– Sim.

– E o menininho que você atropelou, tudo bem com ele?

Algo acontece com o olhar de Franck. Um lampejo de surpresa, de medo.

– Que história é essa, Adrien? – pergunta Marion franzindo as sobrancelhas.

– Aposto que sua *scooter* ficou um lixo – prossegue Adrien. – Realmente, é melhor não andar de moto na calçada, não acha?

Franck finalmente tira as mãos do bolso e diz, em tom irritado:

– Qual é a desse seu amiguinho? Ele tá querendo briga?

— Os médicos do pronto-socorro enviam saudações. Esperam também que você tome mais cuidado de agora em diante. Por você e pelas crianças do bairro.

— Qual é a parada? Vai me deixar em paz ou quer que eu quebre sua cara?

Tenta pegar Adrien pelo colarinho, mas este o empurra e exibe o artigo de jornal.

— Diga pra Marion! Diga pra ela que sua história de salvamento era a maior lorota!

— Que artigo é esse, Adrien? — grita Marion ao ler o título. — Franck, diga alguma coisa!

Porém, como única resposta, ele dá um chute na porta do banheiro.

Depois abre o jogo:

— É isso mesmo, eu te enganei direitinho. O que posso fazer se você é tão boba? O golpe do salvador de criancinhas... Sabia que você ia achar lindo. Fui eu que atropelei o moleque, e daí? O que isso muda?

Marion escancara a boca, olha para Adrien, depois para Franck, depois para Sarah.

— Quer dizer que mentiu para mim? Desde o começo?

— Sabe do que mais? Estou fora! Você é uma chata! Acabou! E não vai adiantar correr atrás de mim!

Marion lhe dá um tapa de deslocar o maxilar.

— Nem que a vaca tussa! — ela grita. — Sou eu que vou te dar um fora, seu mentiroso safado! De qualquer jeito, você é mesmo um idiota. Seus amigos são todos uns cretinos, e você não tem nada na cabeça!

Empurra-o com as duas mãos, tão forte que ele quase cai no corredor.

— E além do mais, você beija como um peixe morto!

Então bate a porta e suspira.

— Que imbecil! — diz, tentando esconder que está prestes a chorar.

— Sinto muito — diz Adrien.

Está dividido: no fundo, está felicíssimo que o namoro deles tenha acabado, mas detesta a ideia de tê-la feito sofrer. Porém, as lágrimas não chegam a escorrer pelo rosto de Marion. Ela ergue a cabeça e franze as sobrancelhas.

— É estranho... — começa a falar, olhando para o vazio. — Normalmente, eu deveria estar triste, não? Mas, na verdade, é como se sentisse um grande alívio.

Nova mensagem de Sarah no telefone de Adrien. Este a lê e passa o telefone para Marion.

> É um herói que você quer, Marion? Então olhe só isso.

Sarah aponta para um jornal local que está em cima da mesa, e Marion o pega. Nele se lê, em grandes letras: "Herói de guerra", e embaixo: "Obus químico: arriscando a vida, um jovem colegial salva sua namorada do gás mortal".

E a foto de Adrien no momento em que estava saindo do bosque com o bombeiro. Há também uma foto menor de Marion e, é claro, uma foto de Sarah com os cabelos cheios de terra e uma máscara de oxigênio.

— "Sua namorada"? — exclama Marion estarrecida. — Adrien, você... está saindo com a Sarah?

Seu rosto se decompõe, e seus olhos o fixam com uma expressão diferente: uma espécie de revelação e, ao mesmo tempo, de pânico.

— Os jornalistas inventam qualquer coisa — ele responde. — Eu nunca namoraria outra garota, só você.

Os dois se entreolham. Então, Adrien pega sua mão e, de repente, as palavras jorram de sua boca com toda facilidade, com toda simplicidade, como se sempre estivessem ali, suspensas entre eles.

– Marion, quer ser minha namorada?

– Su... sua namorada?! – gagueja ela, como se essa ideia lhe abrisse um novo mundo. – Não entendo... você sempre me rejeitou! Sempre disse que eu era apenas sua melhor amiga!

– O quê?! – exclama Adrien, completamente aturdido. – Eu nunca rejeitei você!

– Eu apertei você quando a gente dançou junto, ano passado! – ela grita. – Peguei sua mão no cinema! E você nunca reagiu. Então pensei que não queria saber de mim, me conformei e tentei achar outro garoto!

Com uma voz mais doce, ela pergunta:

– Então era só timidez, é isso?

Estende a mão e acaricia delicadamente o rosto de Adrien, como se o visse pela primeira vez. Adrien segura a respiração, com os olhos semicerrados, tão perto de explodir de felicidade que ainda nem consegue acreditar. Mas, no momento em que Marion se aproxima para beijá-lo, ele põe o dedo nos lábios dela.

– Espere, aqui não.

E se inclina para sussurrar no ouvido de Sarah:

– Obrigado por tudo!

Então pega a mão de Marion e a leva em direção à porta.

– Venha comigo!

Será que isso está acontecendo de verdade? Enquanto caminham, Adrien mal ousa olhar para ela. Será que está realmente segurando a mão de Marion? É como se cada casa, cada rua não fosse mais a mesma, como se a cidadezinha de Laon tivesse de repente ficado mais bonita. No cemitério, a neve do dia 1º de janeiro desapareceu há muito tempo, mas o cipreste dos dois continua lá, no meio da alameda central.

– Lembra do nosso cipreste? – ele sussurra para Marion. – É aqui que eu queria beijar você.

Ela olha em volta, com a felicidade estampada no rosto, e mil e uma recordações parecem brilhar nos olhos cor de avelã.

– Nosso cemitério! Nosso cipreste! Nossa velha lápide! – murmura, aproximando-se dele.

Mas seu olhar recai sobre a lápide, e ela franze de repente as sobrancelhas.

– O que houve? – pergunta Adrien, apavorado. – Na verdade, você não gosta de mim, é isso?

– Não é isso, seu bobo! Acabo de notar uma coisa na lápide; olhe, é incrível! Tinha um desenho com dois personagens gravado aqui antes. Também tinha dois nomes, me lembro muito bem! "Alphonse Nortier" e "Hadrien Nortier", ambos mortos em 1915! Você nunca tinha notado?

– *Nortier?* – exclama Adrien. – É o sobrenome do Hadrien! Lerac era o nome de solteira da mãe dele!

Adrien se inclina sobre o túmulo.

– Onde você viu escrito Hadrien? Só estou vendo "Alphonse Nortier, 1875-1934"!

– Justamente! A inscrição na lápide mudou, não é mais a mesma! – grita Marion entusiasmada.

– Como assim, que história é essa?!

– Alphonse Nortierrrr era meu pai – diz uma voz de velha atrás deles.

Adrien e Marion se assustam e se viram. É a velhinha toda enrugada que falou com ele na saída da escola, quando disse para ele postar logo a carta. Parece ainda mais velha e mais curvada que da outra vez.

– Meu nome é Suzanne Nortierrrr. E Hadrrrien era meu irrrrmão. Ele tinha 13 anos quando eu nasci, em Paris, durante a guerrra.

Um sorriso passa por seu rosto e seu olhar se perde na distância.

– Hadrrrien foi um irrrmão mais velho marrravilhoso!

– Então... ele sobreviveu à guerra? Ele devia ter morrido em 1915, mas não foi o que aconteceu? É por isso que seu nome desapareceu da lápide?

A velha mulher franze as sobrancelhas.

– Você fez muito bem em enviarrrr sua carrrta, meu rrrrapazinho. Hadrrrien foi engenheiro aqui em Laon por vinte anos, depois parrrtiu para outra cidade com sua esposa, Simone, e os filhos.

– Simone? Então eles casaram e tiveram filhos?

A velhinha se fecha em si mesma e murmura entre os dentes: "Estou cansada... estou tão cansada. Ai, minha pobrrre e velha cabeça já não funciona bem". Então contrai as costas, fazendo uma careta, e volta, em pequenos passos, para a entrada do cemitério.

– Acha que... que foi ela que fez tudo isso acontecer?! – pergunta Marion.

Adrien se vira para ela e segura suas mãos.

– Sim, agora me lembro! A mãe do Hadrien estava esperando um bebê. A tia Jeannette, a feiticeira do vilarejo, previu que seria uma menina, e que ela também seria feiticeira e teria poderes! E Marthe já tinha escolhido pra ela o nome de Suzanne!

– Então toda essa história de cartas entre você e Hadrien seria mesmo uma coisa mágica?

– E por que não? Consegue achar outra explicação?

De repente, bate na testa:

– A velha caixa de correio azul!

– A que foi instalada na frente da sua casa? Acha que era ela que fazia a passagem entre as duas épocas? – exclama Marion. – Rápido, vamos ver se ainda está lá!

Descem a ladeira correndo, saem do cemitério e chegam à casa de Adrien: a estranha caixa de correio azul sumiu sem deixar vestígios. É como se nunca tivesse estado lá.

– E essa, agora! – exclama Marion, assombrada. – Lembro que ela ficava bem aqui!

– Sim, só pode ter sido isso! Era aquela caixa que nos permitia trocar cartas. E agora acabou, não poderemos mais nos escrever, Hadrien e eu... – diz Adrien com lágrimas nos olhos. – Acho... acho que perdi um amigo.

Nunca mais receberia aqueles envelopes azuis, nunca mais leria seu nome escrito em tinta preta, com a bela letra antiga de Hadrien... Seu amigo de outro tempo e de um outro mundo, seu confidente secreto, se foi para sempre.

– Mas agora sabe que ele não morreu durante a guerra, e que teve uma vida feliz – diz Marion, acariciando seu rosto. – E tudo isso graças a você!

Adrien balança a cabeça e sorri, ainda lacrimejando.

– Você tem razão. Ele se salvou.

– Além disso – acrescenta Marion –, talvez você tenha perdido um amigo, mas acho que ganhou uma namorada.

Depois dá uma piscada e completa:

– Que tal se a gente se beijasse agora?

Este livro foi composto com tipografia Electra LT Std e impresso
em papel Off-White 70 g/m² na Formato Artes Gráficas.